Short Story

中国新锐作家

校园文学经典

中国新锐作家校园文学经典
马强　总策划

亲近小小说，就是亲近智慧、亲近向上的心灵力量；快节奏的当下，选择小小说精品，乃最佳的阅读姿态。

曾经的阳台

邵宝健／著

中国社会出版社
国家一级出版社｜全国百佳图书出版单位

图书在版编目(CIP)数据

曾经的阳台／邵宝健著．— 北京：中国社会出版社，2012.1

（中国新锐作家校园文学经典）

ISBN 978-7-5087-3911-3

Ⅰ．①曾… Ⅱ．①邵… Ⅲ．①小小说-小说集-中国-当代 Ⅳ．①I247.8

中国版本图书馆 CIP 数据核字(2011)第 279101 号

丛 书 名:中国新锐作家校园文学经典

书　　名: 曾经的阳台

著　　者:邵宝健

责任编辑:朱赛亮

出版发行:中国社会出版社　　**邮政编码**:100032

联系方式:北京市西城区二龙路甲 33 号新龙大厦

电　话:邮购部:(010)66081078

销售部:(010)66080300　(010)66085300

(010)66083600

传　真:(010)66051713　(010)66080880

网　　址:www.shcbs.com.cn

经　　销:各地新华书店

印刷装订:北京华创印务有限公司

开　　本:170mm×230mm　1/16

印　　张:14

字　　数:180 千字

印　　次:2016 年 1 月第 2 次印刷

定　　价:23.50 元

钟爱小小说写作的N个理由 序

小小说写作是一种平民化的文学实践，一种愉快的劳作，一种有意义的思想活动。

小小说写作，能健脑，能悦心，还能励志鼓劲儿。

先说健脑。流水不腐，勤于思考，脑子才不迟钝。小小说写作，需要多看、善思、勤动笔。一两千字的篇幅，用笔写或敲键盘，一两个小时便能拿出初稿，制作过程较短。不像操作较长篇幅的文体那么累脑劳神，不折腾人，无体瘦衣带宽之虞。人嘛，不用脑不行，但用脑过度也可能妨碍健康；而小小说写作，恰好轻重有“度”，既消耗劳作者思维之动能，又不至于弄得人筋疲力尽，不过是要你体验一种轻微焦灼的思虑，这有益身心。

就说本人吧，学会电脑写作后，素材笔记仍用笔。心情好的时候，一天在键盘上敲出一两篇不嫌多，杂事缠身时，一两个星期弄出一篇不嫌少，脑力损耗的程度完全由自己掌握。

千把字的文章，讲给家人听，几分钟即止；请文友看，立等可得其读后感；现场交流，思想任意碰撞，思路随之拓宽，思维随之敏捷，每每茅塞顿开或豁然开朗，能不健脑乎？

再说“悦心”。写作大凡是悦心的，但小小说写作给实践者的愉悦更快捷、更浓烈。这种劳作不需要忍受长期寂寞的煎熬。不必避尘闭门，班照上、舞照跳、茶照喝、报照看；有感觉了，来“电”了，桌前一坐，个把小时的工夫，少安勿躁，“雏形”即现，爽快哩。

当然，想写好一篇好的小小说，除了素材要好，技巧也是要的，也需要机智，但这些难度不大，操练的次数多了，完全能掌控，这叫熟能生巧。

小小说是对现实生活的即兴表白和瞬间记录。你的苦思、你的愤懑、你的欣喜、你的渴望，都可以来一次痛快淋漓的宣泄和倾诉。笔停稿成，就有一种雨后见彩虹的视觉乃至心灵上的享受，还有一种特别松懈的淡定，恍如步入禅境，心底有禅意飘浮。

小小说芬芳像一朵朵桂花，鲜活像一只只河虾，笔耕者大多拥有一定数量的小小说。邮寄或网投，东方不亮西方亮，你会时常领略作品被青睐和赏识的惊喜，“成就感”会延绵不绝。小小说虽然不可能像“重磅”作品那样带来重磅利好，但好的小小说发表后，能被转载，能被改编成小品或影视，能入书，还能进语文课本，其潜利很大，能不为之快乐？

天下的文章、报刊和书籍太多了，多少辆火车都装不完。古今中外的大作家太多了，想挤进那个排行榜，难！写小小说嘛，本不是为谋大财、争大名，有那么一两篇让读者记得牢、编辑称道、自己也满意的作品，此生足矣。你若能这么想，还能不“悦心”吗？

说到“励志”，体会就更深了。少年学写小小说，有利于提高作文成绩，有利于养成亲近文学的热情；青年操练小小说，可以助其上写作新台阶，保持创作激情；进入老年写小小说，那是一种闲庭散步，一种岁月回望式的心灵舒展，无暇感叹“只是近黄昏”啰。

写小小说，什么时候都不算晚。我的《永远的门》的发表，乃至被《小小说选刊》转载和获奖，已经人到中年了。就是在我退休后，写作小小说的时间富裕了，一年下来，居然搞了近百篇。据说，我们敬重的许行先生生前是在退休后开始创作小小说的，十多年坚持下来，写成了小小说文坛上的顶级优秀作家，他的《立正》等作品至今仍闪烁着艺术光彩。

这么说，小小说写作，老少皆宜，从事各种职业的人士都可以参与，没有门槛。它给实践者以盼头，给实践者以成长的体验，给实践者以意气风发，激励人生，长志鼓劲。

小小说是朝阳事业，正值青春少年期。她既是未来作家的摇篮，也是

“黄昏”和“夕阳”的知己，她可以成为一个人一生的精神伴侣。

钟爱一个人也许不需要理由，但钟爱一项工作、钟爱一种事业，还是需要理由的。钟爱小小说写作，除了能健脑、悦心、励志外，还有 N 个理由，由于篇幅限制，暂且就此搁笔。

邵宝健

2011 年 11 月

目录

Cotentes

目录
Cotentes

目录

Cotentes

目录

Cotentes

目录

Cotentes

第一辑

人间有爱

小雨中的回忆

春风商场二十三四岁的美工设计员叶连娜，质朴、娴美，内涵丰富。她不仅会画画、会写美术字、会剪纸，还会点儿木工、电工的活。她设计布置的橱窗大方、新颖、富有灵气，深受同事们和顾客的喜爱。可是，谁会知道，这么一位水灵灵的姑娘，心目中却一直没有“白马王子”的影儿。

在一个雨天，叶连娜经不住商场郑经理的催促，冒雨去参观了刚开幕的现代风巡回画展。她被画展中高水平的美术作品所吸引，同时也被一位观画的青年警官的那双美目吸引。

她从美展大厅出来，回头又遇到了那双令人神往的眼睛。那是一双怎么样的男子汉的眼睛啊，明亮、深邃，坚毅又不失温存。她甚至一接触到他的目光，就是一阵眩晕。

小雨淅淅沥沥，如烟似雾。她的素手一挥，殷红的折伞撑开了。她走了几步，回望，他没有带伞。她从他的眼睛里读到了他的企盼。

她转回身，征询道：“我们一起走吧？”

他露出坚实洁白的牙齿：“我就等你这句话。”

殷红的雨伞下有两个人。

她的身段很窈窕，两条修长的腿走得很动人。

他魁梧高大，似乎故意把平常的步子幅度缩小。

“我叫罗静波，喜欢小雨。”他说，胳膊在雨中画出一个很美的弧线。

“我也是……”叶连娜轻声地附和。

他很健谈。从水彩谈到水粉；从达·芬奇的《最后的晚餐》、《蒙娜丽莎》谈到罗丹的《思想者》、《吻》；从列宾的《伏尔加河纤夫》谈到徐悲鸿的奔马、齐白石的虾……

“你在警营是专职画画的？”她有点儿胆怯地问。

他爽朗地笑了：“我不过是喜欢欣赏画而已。我在警营是搞爆破技术的，什么都插点手。业余写点诗词什么的，副连级，小人物。”

她轻松地吐了一口气。事后，她才知道，郑经理也认识那位罗静波，而她和他的会面，正是郑经理的美意所致。她对郑经理自然有点儿感激。

这是初夏的季节，初夏里的一切都容易成熟。

正当叶连娜和罗静波热恋的时候，罗静波突然随实验小分队开赴西北大漠。

大约过了三个月，他的第一封粘着大沙漠的暑气和硝烟味的信飞到她手里。

是一封报平安的信，寥寥数语。信尾附有一首小诗，是他献给她的——小雨小雨/淅淅沥沥/小雨中有你的倩影/小雨中有你的笑语/小雨的回忆/伴随我生命的每个朝夕……

她是怎样的欣喜和激动。以致热泪缀满了她稠密的眼睫。

有人喊她。是郑经理。这位年方三十的第三轮租赁经理很有经营的魄力，也有当“红娘”的热忱，只是在婚姻问题上似乎是个弱者。前不久，妻子和他离了婚，又把他掷回单身汉的阵垒。

郑经理点燃一支“阿诗玛”：“连娜，那个橱窗得换个样。”

“橱窗内容?”她用眼睛问。郑经理望了望窗外晴朗的天：“雨具什么的。最近折伞销势不好，积压……”

于是，这位心灵手巧的女美工设计员连夜构思起来。

三天过去了。新橱窗设计、布置完毕。郑经理看到后，着实把她夸奖了一番。

……雨幕。背景泼墨。线和面结合巧妙，画面的形式美得无与伦比。天头是一行漂亮的悬挂式美术字：小雨中的回忆。左边是连成一片的透明、鲜艳的雨伞；右下方是长长的桥堍，远处，一把殷红的折伞下有两个人影……

路人欣赏着，感受这诗情画意的小雨情调，每每立于橱窗前，不由得回忆起雨中结伴漫步的情景。

这个橱窗和顾客见面后，雨伞的销售量猛增。当郑经理把这种销售旺势和“美工设计师”的功劳连在一起时，使她大为惊讶。更叫她惊讶不已的是，她的《小雨中的回忆》正好赶上省有关方面举办的“金橱窗”评奖活动，她的作品非常幸运地荣获首奖。

她想起他，想起和他的初次见面。应该说，这个“橱窗作品”的灵感，是他赋予的。他怎么啦？怎么这么长时间没有来信。她多么想此刻就见到他，多么想让他亲眼目睹她的获奖作品。他说过的，她的工作很有意义，他还说过，她会成功的。他的话她都记得清清楚楚。

就在她设计的橱窗获奖后的第二天，她接到一封加急电报。之后，就不见她来上班了。

有人看见，她往驻军医院来回地跑，人变瘦了。

又一个小雨纷扬的午后，人们看见这样一个少见的场面——叶连娜一手挽着罗静波的手臂，一手撑着那顶鲜红的雨伞，缓缓地走进商场。

“还记得咱俩的初识吗？”她轻声地充满感情地问。

他的笑从墨镜以外的部位溢出：“也是个雨天！”

她停住步：“静波，看，到了，就是这个橱窗。”

“我看看，让我看看。”他挣脱她的手腕，倾身，宽大的双手在橱窗玻璃上摸索着。

她哭了。哭得非常伤心。

他极力地安慰她：“别哭，我看得见，我知道你早晚会成功的，橱窗布置也要有艺术匠心……”

她抓住他的手：“别、别说了……”

他咧嘴笑了，声音朗朗的。

她挽着他走了。雨伞却不曾撑开……

叶连娜又来上班了。她脸上的忧色已经消失。她少女的娴美里又增加了一种成熟的丰腴。她去驻军医院的次数慢慢少了。据说，罗静波已经康复出院回原籍疗养了。

一年之后，叶连娜结婚了。新郎是商场的郑经理。

婚礼很快进入高潮。

容光焕发的郑经理用极潇洒的手势，把新买来的一盘新歌磁带放进录音机。手指往按钮一按。回肠荡气的音乐。一个非常清亮的男中音：小雨小雨/淅淅沥沥/小雨中有你的倩影……小雨的回忆/伴随我生命的每个朝夕……

楚楚动人的新娘在优美的音律中，频频向来宾敬烟递糖。她秀美的长发里嵌着一枚小小的白色蝴蝶夹。只有非常细心的人，才能观察出她眼眸甜蜜的湖泊深处，那心灵的战栗……

送错花的后果

在江南荷城，鲜花店一爿接一爿的。其中季老板开的“勿忘我”鲜花店规模最大，生意也最旺。单身汉鲁汉明就在这家鲜花店当送花工。

那天，鲜花店的店门一开，鲁汉明便风风火火赶来了。季老板说：“小鲁，今天你要辛苦了，有一份连续送10天的鲜花礼仪业务，这可是一笔大生意啊。”

“没事的，客户越多越好嘛，你放心好了。”鲁汉明的心情很好，语气里透出愉悦。这位28岁的小伙子是前年在棉纺厂下岗的，他干过许多杂活，生活很不稳定，直到三个月前干上了送花工，才有了好心情。虽说工资只有400元，整日里走街串巷送花，但老板待他不错，而且愿意长期聘用他，那种下岗初期的失落感也就逐渐消解了。至于恋爱的事，却没有发生过。这主要不是他不想恋爱，实在是没有合适的机缘。他仪表尚可，不高不矮，不胖不瘦，只是钱囊羞涩，在把金钱看得很重的世俗面前，很少有姑娘会把青睐的目光投向他。

送花的地址是城申花园小区16幢503室，签收人是蕴。

鲁汉明的小三轮车里装了近10份花，一路按地址送去。当他叩开小区的那扇门时，迎接他的是一位愁色满面、眼角噙泪的美貌姑娘。她收下他呈上的一束玫瑰花时，口气极淡地问：“谁送的?”

鲁汉明公事公办：“小姐，对不起，客户叮嘱要为订花者保密的，请你原谅。”

那位姑娘在单子上签了一个“蕴”字，随后即把玫瑰花往桌上一掷，泪就大滴大滴地淌出来。

翌日，他把小三轮车停在16幢楼下，一眼望见那位姑娘依在阳台的壁沿上。他快步登上五楼，叩开门送上鲜花。收花人照旧签收后把鲜花往桌上一掷，接着就泪流满面。

又一天，鲁汉明比往常早半个小时抵达，远远望见姑娘又站在阳台上，身姿微微外倾。出于礼貌，他远远地招呼："蕴小姐……阿蕴，您好！我第五次给您送花来了。"

阳台上的姑娘神情一愣，随后应了一声："您好！"

这次，她签收的时候脸上有了笑容。她笑的时候很动人。他把自己的直感告诉她："蕴小姐，您笑的时候太美丽了。"

"是吗？"她水汪汪的眼睛瞄着他，"你不骗人？我真的很漂亮？"

鲁汉明点点头："我不会恭维人。您就像这鲜花一样，漂漂亮亮。"

突然，她很唐突地问："他怎么还会给我送花呢？他不是与别人订婚了吗？"她既像是问鲁汉明，又像是问自己，一脸的迷惘。

傍晚回店时，鲁汉明大祸临头。

季老板责问："你这个高中生，识字不？"

"老板，你这是什么意思？"他大惑不解。

季老板说："小鲁，你送错花是要扣工钱的。你这几天魂到哪里去了？连续送错五次，客户打电话来了。城申花园小区 16 幢 503 室，你把花送到哪家去了？"

鲁汉明在单子上定睛一看，两耳嗡然作响。送错地址了——"城申小区"看作"城中小区"了。"一横"之错，这个月的工资泡汤了。

季老板说："你明早给那个住址送去双份鲜花，一份是作为赔礼的，要诚恳向收花人致歉。"

鲁汉明蓦地心里一亮，爽爽气气地说："遵命！不过，我也要订五天的花，费用自然在我的工资里扣。"

季老板忽然兴味盎然地问："小鲁，有对象了？"

鲁汉明眨眨眼："这很难说清楚。"

第二天，鲁汉明把 23 朵玫瑰花送抵城中花园小区的蕴小姐，又把双份的鲜花送给城申花园小区的那位收花人：蕴。使他惊讶的是，那位签收人"蕴"是位银发老妇。据说，蕴女士的老伴是省金属研究所的高工，这些花是他订的，在这对伉俪结婚 40 周年之际，他出差在外脱不了身，便用鲜花来表达绵长情意。

蕴姑娘知道了送花工的“差错”和送玫瑰的美意，专程到“勿忘我”鲜花店向店老板致谢。原来那些天，蕴姑娘由于接受不了初恋男友和别人订婚的事实，几次想跳楼，幸亏送花工打断了她一时的绝念。

那天，蕴姑娘主动与鲁汉明约会，鲁汉明赴约后的第一句话就是：“我真应该感谢送花工这个行当，是鲜花让我们相识了。”

蕴姑娘说：“是的，是的。我也有同感。不过，此刻我也很感谢城申小区那位‘蕴’奶奶，是人间的巧合，让我才有福分遇见你。”

鲁汉明有点儿动情了，他牵着她的手，说：“确切地说，我们应该感谢花，感谢千姿百态的鲜花。是鲜花美好了人们的生活，同时被美好的，还有人们的情感和心灵。”

不出一个月，鲁汉明和蕴姑娘确定了恋爱关系。蕴姑娘拿出数万元积蓄和他商议：“咱们也开一爿鲜花店？”

鲁汉明说：“这个主意很好。你来当老板，我还是当送花工吧。”

蕴姑娘喜极而泣：“你是老板兼送花工……或者是送花工兼老板。”

生 命

初夏的晌午。江水悠悠流去。白鸟。风帆。空灵而幽静。

岸堤上，G君独自一个在踯躅。这位中年男子的脸色有点儿憔悴，步履有点儿踉跄。他进十步，退九步，或仰首，或低俯。江风吹拂着他单薄的衣衫和浓密的黑发。

后面有什么声响。猛回头，又遇见了那位年轻的民警。庄严的警帽下是一张稚气未脱的脸。

“小民警”掉过头，背风点燃一支烟，若无其事地朝江边的小林子走去。

G君记起来了，那位“小民警”已和他“照面”三次了。他的心“悬”了起来。

G君掏出香烟，点燃。这几天，他抽的烟是够多的了。手指发焦，舌苔发苦，白色的烟雾伴随他熬过多少不眠之夜。由于渴望宁静忍气吞声的心境和做人的温情，他变得向往江涛，向往江水的沉浸。

此刻，风小了，小林子里的鸟鸣消遁了，“小民警”也不知去向。白浪拍击岸堤，阳光绚丽，江心波光粼粼。江心的浪花有多美！他这样想着，纵身一跳。

“小民警”把G君拖上岸。

G君呼呼直喘气。

“小民警”拧干自己的衣服，又把庄严的警帽压在头上：“你怎么啦?”稚嫩地问，嵌满深情。

中年男子无语，神情有点凄楚，又有点惊恐。

“小民警”凝视他：“人最宝贵的东西是生命，生命属于我们只有一次……”

G 君明白那民警救人的美意，叹了一口气：“我说，你这个好同志，我…我是在游泳——仰泳。我并不想死，不过……”

这是真的。他曾经是个“弄潮儿”。他的水性也极好，能够手脚不动，仰天浮在水面。刚才“小民警”跳水时见到的就是那种仰浮的姿势。

“小民警”一笑，露出一对虎牙，脸通红通红：“嘿嘿，这就好。我是怕出意外。误会，误会。”

G 君嘟囔着：“没、没啥，没啥。”眼角有些热辣辣的。

分手了。“小民警”向 G 君敬礼：“哦，实在对不起。”

G 君热泪盈眶。他真的不想死，但他有心事。他有家，有妻子、儿女，还有许多幸福的回忆。自从发生了那件只有他自己才知道的事以后，他的生命之舟蓦地失去了桨和舵。他不知道该怎么活着。当那位浑身湿漉漉的“小民警”的背影越来越小时，他有点明白了。他疾步追上去。

“小民警”回过头，又相遇了，相遇了他那双郁郁的不忍相望的双眸。

“小民警”拐弯了。他也拐弯。

“小民警”走进自己所在的单位——W 区公安分局。他也走了进去……

独跳双人舞

S市图书馆的资料管理员G君是位很独特的人士，他的家庭成员只有他和一位正当豆蔻年华的女儿。他的夫人怎么啦？或者问，他为什么一直不让女儿有个继母？我们很难回答出，因为这类问题往往和某种隐秘相连。人们总是去选择一种不同于他人的生活方式，而让世人费解。G君曾经干过许多行当。在进图书馆前，他担任过市少体校体操队的教练；在做体操教练之前，他是个蛮不错的体操运动员。不过，他最喜欢的还是跳舞。

年轻的时候，他跳交谊舞。再后来跳“忠”字舞——那是体育和初级舞蹈的结合，对他来说，不在话下。时下，他跳舞的机会更多了。在S市，大大小小的舞厅少说有二十来家。虽然他跳舞的热情很高，舞技很高，可惜的是，和他跳过一回舞的女郎不会延续到第二回。遗憾。

简单地说吧，G君身上有一种令人不爽的异味。是汗臭、口臭，还是狐臭？还是别的什么气味？说不准。反正随着他的舞技不断提高，他的那种坏名气也随之增大，以致不再有女郎来邀他跳舞，他也找不到伴舞。

这是件很伤脑筋、很伤脸面、很伤自尊的事，而G君痴迷于跳舞，一点没有从此歇手不跳的意思。这样，他就成了各种舞厅的观友；这样，他就常常一个人独自跳个人舞。意未尽时，他甚至在家里举起小板凳充当舞伴而翩翩起舞。

看看吧，G君虽然四十有三，但身体一点不发胖，发不疏、牙不落、背不驼、脸不皱；个子高挑，手脚轻捷，养身有道，训练有素。不消说，冷落他是残忍的。

一段时间里，各种舞会里，G君销声匿迹了。又过了一段时间，他又频频出现在舞厅。原来他在家里琢磨出一种新舞姿——独跳双人舞。尽管仍是他一个人在跳，但让人从他的舞姿里看得出还有一位温柔的女郎相伴。

那天，他在大西洋豪华舞厅里大出风头。只见他一手牵着“女郎”的手，一手轻搭“女郎”的柔腰，时而滑步，时而转身，时而用手拦腰以便让对方作弯腰状，时而牵手大转体。尽是些现代流行舞，什么迪斯科、伦巴、探戈，等等。看来，他最喜欢的还是独跳西班牙舞，那种强烈的节奏，优美新颖的舞姿，令人振奋不已。他的胯部动作、头部动作、横踏步、弧线步、辗脚踏步和圆圈走步，准确至极，又配合默契。和他伴舞的那位“女郎”，无形胜有形，简直到了呼之欲出的地步。更神的是，一曲终了或开始，他都表现得极有礼仪——鞠躬或伸手握对方的手，少顷还倾身，举手作“拜拜”状。真是惟妙惟肖，像真的有那么一位可心的对方，真的有那么回事似的。这使得在场的人大开眼界。观者起初颇觉滑稽，后觉有趣，后被这种高超的舞技折服，后遽生怜悯之情。当然，这一点也不能打动女性们的心——不见有谁主动邀舞以结束G君的独跳双人舞。

本来，G君可以用这种独特的娱乐来安排自己孤独的业余时间，谁知，一次意想不到的成功，把他推向幸运之巅，生活又添色彩。

在一次省级新潮音乐舞蹈大赛中，G君以“独跳双人舞”的节目受到评委们的一致好评，荣获特等奖。掌声如雷，声誉鹊起，G君一夜之间成为货真价实的舞蹈明星。

更可喜的是，G君在获奖后的第三天，身上的异味也消失了。有人说，那天评委中有一位是除味大师，曾嘱G君到他的下榻处叙谈，面授良方；有人说，G君的这种体味是年龄性气味，到了一定年纪，便会不治而愈；也有的说，G君身上本来就没有什么异味，只是众女子对中年鳏夫的嗅觉有失偏颇之故。不管怎么个说法都无所谓了，因为人们不再冷落他。与此同时，称G君为大师的大有人在，拜他为师的也大有人在，而邀他跳舞的更是大有人在。

这天，G君的心情特别好。有三位俏丽的女子预约请他跳舞。夜幕降临。他在赴舞厅途中，天飘起细雨。一辆小轿车急驶而来。险情——有个小孩滑倒在路中。G君飞步上前营救，用力推移孩子，不幸自己的右脚被车轮碾断。

G君在医院养了三个月的伤。三个月里，人们把他看成英雄。鲜花和赞意纷沓而至。而那一批痴迷跳舞的女郎们，对他又恢复了早些时候的冷漠。

这是一个温馨的春夜。G君撑着木拐，又来到大西洋舞厅。灯光闪烁，音乐四起。他默默地坐在舞池旁的一条长椅上。人们翩翩起舞，他温情地望着从身边掠过的一对对幸福的舞友，手作抽烟状。眼角晶亮晶亮。

佼佼的舞女中，有一位容貌特别出众的少女款款地向他走来。她便是G君的掌上明珠——18岁的独生女儿。

凤子和凤子爹

在邻县鲫鱼湾那个地方，我妻有一位脾气耿直、过惯了劳苦日子的表舅。五年前，这位乡下表舅和他的大闺女凤子曾到我家做客。经济上的拮据限制了城里人待客的盛情，或许是表舅误会了我们，以后竟再也不来我家了。

一日，当我一进家门，愣了。小客厅里拥满了陌生而年轻的农家女，还有她们脆玲玲的笑。其中一位肤色白皙、眸子明亮的俊俏姑娘站起身，很大方地叫了我一声："表哥!"

我显出很懵的神色。妻马上向我介绍，这个二十一二岁的俊姑娘叫凤子，鲫鱼湾表舅的大闺女。我记起来了，真是女大十八变哟。那年初次见面时她还是个脸色憔悴的黄毛丫头。我扫描了一下，这八九位农家女，算凤子长得漂亮。这些姑娘全是"织女"，原在鲫鱼湾有织机的人家帮工。此地郊区的荷乡纺织厂招工，工钱出得高，她们就合伙应招来了。

稍聊片刻，织女们便背起行李告辞，行李中最主要的是大米——每人随带够吃一个月的口粮。荷乡离城区只有七八里路。

之后，凤子便隔一段时间来我家一次，或进城路过，或是回鲫鱼湾取口粮中转，大致上把这里当作驿站而已。

天渐热。一日，她在我家洗个澡，当着我的面，穿着很单薄的内衣从容走过。她长得确实美，高挑的身材，两腿雪白，胸脯很饱满，很招惹人，很有那股诱惑劲儿。我想，这个远房表妹，在荷乡那个厂里，不要招惹出什么事情来才好。

我把这个担忧告诉妻。妻淡然一笑。她告诉我，凤子已经许了人家了，去年春上订的婚，是自由恋爱成的。男方同村，是个敦厚的小伙子，有点文化，除了会种田，还常在乡文化站帮帮忙，只是家境不怎么富裕。可以说，凤子跑到百里路外的荷乡来当织女，多半是冲着办她的“嫁妆”来的。妻说罢这一切后，警告我不要胡思乱想。笑话呀！

果然不出所料。有一天，我途经荷乡办事，碰巧看见凤子和一位陌生的中年男子在机耕路上溜达。当晚，她还把这位男子带进我家。介绍说，这是聘用她的那个乡办厂的崔厂长。三天后，她再来我家，推了一辆65型“凤凰”单骑。那年月，名牌单骑凭票供应，不好随便买，问她怎么搞来的，她笑道：“是崔厂长帮助买到的，平价！”口气轻描淡写至极。她把车上了锁先“存”在我家，解释：牌照这里不给办，要到辖鲫鱼湾的县城去办。

当我出了趟远差回家后，发现那辆新“凤凰”的牌照已办妥。据说是那位崔厂长骑车陪她一同去办的。这件事的细节末梢，我和妻不便问，凤子也不细说。

没几日，表舅来了。满脸的皱纹里匿着忧虑。他气呼呼地反复叨唠着这个意思：凤子人聪明，厂长器重她，有事愿意和她商量，就惹得好多人妒忌她；不做了，还是回鲫鱼湾去，反正那边有织机的人家很多，工是有得做的。

凤子低头扒饭，也不吭声。

事后妻告诉我，凤子和那个有家小的崔厂长“相好”的流言很盛，传到她未婚夫那里，男家怪罪过来了。鲫鱼湾的乡风很纯正，特别是男女关系上，比较严谨。表舅在乡里是以人正气、硬气闻名的，很讲究脸面。表舅吃不消，就逼女儿回去。

就这样，凤子和她爹扛着简单的行李以及尚未吃光的大米，回鲫鱼湾了。

一个月后，凤子又来敲我家的门。原来，她说服了她爹。她朝我妩媚地笑笑：“表哥，我和崔厂长没事，在这里做工，赚钱。”我理解她，现今乡下婚事嫁妆越来越讲究，她家底子薄，不积攒点钱，难办事。

凤子出落得更漂亮，服饰也讲究了，甚至还用起香脂、摩丝什么的。既有乡下少女雅丽的腼腆，又具城里姑娘少有的魅力和韵味，那样的健康、活泼、妩媚。

过了一些日子，表舅又来了。脸色比上次更难看，还当着我和妻的面掴了她一记耳光。斥责凤子的声音像雷吼似的。

凤子没有哭，只是让泪珠在眼眶里打转。

趁凤子去车站买回程车票之隙，表舅和我聊起天。他感叹闺女不争气，也流露出乡下办婚事开销大的烦恼。他想给凤子买一台彩电和一架织机作嫁妆，两项相加，需一万五千余元，现在还缺七八千元，表舅向我借。我家经济实力单薄，电视机还是黑白的；年前又参加"房改"，买了个成本价住房"所有权"，花光了积蓄。但又不忍心一口拒绝，就对表舅说："让我想想办法吧。"

这次父女俩一走，好久不来了。忽一日，表舅来了一信，问及借钱的事，并告知凤子的婚事尚有两个月，届时一定要我们去吃喜酒。唉，这笔钱我家目前是拿不出的。我回信如实相告，并汇去三百元钱，算是预支凤子的"喜仪"。

一天，我有事去荷乡。在空寥寥的乡路上，我的视野里出现一个熟悉的身影。细看，心颤：那不是表舅吗？他干啥？只见他背了一把黄色的油布伞，步履蹒跚地朝崔厂长那个纺织厂走去。

是夜，表舅没有到我家转。

凤子结婚的那天，我和妻如期出席。婚事办得极热闹。凤子的嫁妆挺体面的，在这个经济尚未搞活的偏僻乡里，算得上头等的。在一件件嫁妆里，有一辆"凤凰"单骑，一台20英寸的菲利浦卧式彩电，还有一架披着红绸的家庭织机。

炮仗腾空而起，全是双响的。

表舅的脸上挂着疲惫却又是心满意足的甜笑。匆忙地招呼过往宾客。宾客中有一位沉静寡言的男子，西装革履，模样极像荷乡的崔厂长。

凤子的眼睛红红的，湿濡濡的。

绝壁

他拖着沉重的步履，离开了鸡鸣旅店，衣衫褴褛，蓬头垢面，全没有往日的潇洒风度。过了好长好长时间，他摇摇晃晃地爬上了村西鬼嚎岭的绝壁处。在一棵歪脖子树下，他瘫软下来。

日头被一片云彩遮住，天瞬间阴暗了下来。

他真没想到，要活活不成，要死还那么不容易。他环视莽野，仰天长叹。

记不清离家已有多少天了。

三天前，他在莫明湖畔踯躅良久。他万念俱灰朝湖里纵身一跳，猛觉得头部一阵闷痛。原来，时下正值旱季，这湖水浅得很，只有半腰深。随之一些挑担的山民经过，他只好悻悻爬上岸来。昨夜，他住进那家山村鸡鸣旅店，临睡前把买来的那瓶安眠药全吞下肚。可是到了鸡鸣时，他却醒了过来。仔细一看药瓶，方知是维生素 C 片。是药店的小伙子有意弄错还是无意失误，不得知。反正他阴差阳错地又活了下来。早餐后，他趁服务员小姐不注意，把客房里电扇的电线绕在左手的中指上，右手把插头插入插座。谁知，就在这一刹那，全村停电了，他的自毁计划又告吹……

此刻，他坐在绝壁上，形销骨立。旷野，四周静极了。有微风吹来。野草和树丛相杂，荒芜中藏着几许生机。这远离炊烟的荒山远野，传闻时有猛兽出没，夜间还有鬼嚎回荡，故名鬼嚎岭。

他抖抖索索从衣兜里取出一支烟，擦了好几根火柴才点上。烟雾缭绕。

他还只有 40 岁。有个曾经幸福不过的家，妻子贤惠，小囡可爱，事业有成。但这一切都过去了，都失去了，他现在心灰意懒，再也不愿提及。

他一心想的就是死，眼一闭，什么也不知道了……

没有人烟，四周一片寂静，天赐良机啊，还等什么呢？脚下是万丈深渊，只要跳下去，准能摔个粉身碎骨。对，就这么了结吧，一了百了，既壮烈，又无人知晓，也算英雄一回！他摆好跳崖的姿势，两臂撑开，左脚在前，右脚在后，微踮。跳下去吧，来年化作一声鬼嚎吧，他的身子开始前倾，好了——

陡然，砰的一声枪响，野鸟惊飞，他的右肩膀中弹，只觉得麻辣辣一阵钻心痛，眼一黑什么都不知道了。他倒下的情景极像影视里的揪心镜头：左手捂着受伤的右肩，背朝地，脸朝天，重重地倒在绝壁前沿。绝壁斜坡那头传来急促的步履声。

一位持枪的银须老猎人踏踏地奔来，不由分说，把他拖到歪脖子树下。老猎人解开他的血衣，从一枚小牛角里倒出一些白色粉末，撒在他的伤口上。

他慢慢睁开眼睛。

老猎人颤巍巍地抓住他的手：“你在这儿干什么？这儿可不是风景区。实在抱歉哟，我年老眼花了，把你当作野狼打了……”

“野狼……狼……我是野狼……”他听懂了，喃喃地自语着，两行清泪在脸颊滚动，眼睛无力地闭上了。

夕阳照在绝壁上，老猎人驮起毫无知觉的他，朝岭下的村落慢慢走去，心里暗暗想道：“我情愿给你养伤，也不能眼见你送命……”

朕 兆

刘宽君在某天夜里做了一个噩梦，梦见平时与他关系一般的谭准君和他睡在一起。而谭准君在两年前就因车祸罹难。梦醒后，刘宽君心情甚为沉重，一时难以释怀。

之后，他常去寓所附近的咖啡屋独饮。一次，偶见谭准君的遗孀——年轻貌美的达馨女士，也在咖啡屋临窗的单间独饮。他就凑过去陪坐小叙。聊了很多话，彼此似乎都未生厌。刘宽君忍不住将心中的困惑——那个噩梦和盘托出。

达馨女士听后非常惊讶，因为自从夫君离世后，虽然她也时常缅怀亡夫，但从未梦见他。

不知从哪天开始，达馨女士就试着打电话给刘宽君，问询他近来有没有梦见她夫君，在梦里谭准君的模样有没有变化。刘宽君就告诉她，没有梦到过谭准君。她在电话里总要叹一口长气，流露出一种很浓郁的失望。

又过了一个月，达馨女士给刘宽君写了一封信，信中表达了她对刘宽君的感谢，感谢他梦见了她的夫君，也感谢他把那个梦告诉给她。信尾，又问询他，谭准君又在哪天进入他的梦乡。倘若梦见了，一定要及时转告她，云云。

出于礼貌，刘宽君给她回了信。在信中，他向同事的遗孀表示歉意，说他自从和她在咖啡屋小叙后，一直没有做过梦，自然没有梦见过谭准君；现在他很想做梦，也想再梦见她夫君一次，但要做到这点，似乎比较困难。

有一天，两人在超市邂逅，话题又围绕“梦”。自然是些老话：没有那种梦。一个道谢一个道歉。随后聊聊天气，聊聊工作，再聊聊所买的零食和日用品。刘宽君发现，达馨女士比以前开朗多了，也比以前更漂亮了。而达馨女士也感觉到她夫君的这位同事少了些许腼腆，多了些许洒脱，人也变得阳刚些了。

一个人独处时，刘宽君会心生纳闷：怎么会是他梦谭准君，而不是达馨女士本人呢？谭准君生前与他并非好友，只是一般同事而已，他俩学的专业不同，所在的科室也不同，平时交流也不多。他只知道谭准君有个美人胚子的夫人，家庭很幸福，别的就不清楚了。刘宽君曾谈过两次恋爱，虽年近不惑，时下仍划归单身贵族。他不是不想解决婚姻问题，实在是没有遇到相宜的，再说了，他是搞科研的，工作一向很投入，暂时分不出那份闲心。

初夏里的一个周末，达馨女士到刘宽君的寓所来做客，她手捧一束鲜花，是给刘宽君的。刘宽君满面绯红，忙说，不敢当、不敢当。客人却不经意地解释，动脑的人需要鲜花相伴，特别是像他这样的单身汉，宅内常有鲜花，有利思索，悦心也益身。

自然的，刘宽君也回访了一次，携带的也是一束鲜花。这次是达馨女士脸红了，她说，我是个丧妇，接受他人的鲜花是很唐突的，也是很奢侈的。刘宽君就畅怀大笑。接下去两人又谈起梦。刘宽君先问她，你梦见过你的夫君吗？达馨女士不好意思地说，没有，一直没有，很想梦见他，就是难兑现。刘宽君说，这倒有点儿费解，照理这事不难哟。他又说，没办法，这些天，他仍未梦见谭准君，很抱歉，他无法向她描述谭准君近期的模样。

达馨女士淡笑着，说，这不怪你，没有理由埋怨你。突然，她问，那么你梦见过我吗？

刘宽君一愣，似乎在追忆什么。良久，他叹了一口气，说，没有，还没有。说着，他的脸刷地红了。

一年后，达馨女士向刘宽君道出了她心中的秘密：几年前在谭准君的追悼会上，她对刘宽君的印象特别深刻。他随单位慰问队和死者家属一一握手时，所表达的哀情，让达馨女士为之心动，难以忘怀。

后来，刘宽君和达馨女士相爱了。

婚后，两人不再聊及谭准君。幸福的阳光已经充满他和她的生活。

一件小事

雪花，纷纷扬扬地飘着。

谁会相信，我这个初出茅庐的采购员，首次独立去省城E公司接洽业务，只消半天的工夫就把事情办妥了。今天是我妻子的生日，我还来得及赶回家去。呵，前面就是汽车站。

“同志”，一位撑着蓝色塑料布雨伞的人向我招呼，“对不起，我有件事——我知道，要耽搁您宝贵的时间，深感抱歉。”一口地道的普通话，三分恭维，七分恳求。

我止步，打量。他，中年，细高个儿，血色欠佳的脸上横着几道皱纹。戴一顶旧呢帽，单薄的棉衣，被雪水湿了一片。一只褪了色的旧挎包扣在微耸的肩头，给人一种憔悴、寒酸和多少有点灰暗的印象。

他的眼光老移向地面，眼皮一跳：“我很不幸，旅途中丢失了钱夹，想赶回家去，可是……”

“您的家在哪儿?”我问。他恳切的很有点伤感的语调打动了我的心。

“N县。”他朝我看，一种有求于人的神色，怪揪心的。

我掏出10元钱。这够他的盘缠了。

那男子伸出瘦削的手：“谢谢您。”

我脸红了：“不用谢。”

他走了几步，又回转身：“您能不能告诉我您的姓名和工作单位？当然，我知道，您告诉了我，绝非因为今天您给了我钱，指望日后我会还您。而是，这样您是给了我一次机会，好向您表达感激之情。”他的话非常流利，充满感情，抑扬顿挫。

我又拿出几张角票，递给他：“我姓李，在C城A公司工作，别客气，别客气。”

他照收不误。分手后，他还在路中朝我颔首致谢，良久，才离去……

遗憾。末班车已经开出。有人提议，可以趁夜坐船回去。这样，我又赶到轮船码头，并且购到了船票。

离启航时间还早，候船室无一虚席。我在船码头前边的小广场上溜达起来，天色渐暗，雪还在飘。谁的雨伞碰了一下我的伞。

“同志，我有件事——我知道，要耽搁您宝贵的时间，深感……”一个似曾听到过的很有点怆然的声音撞着我的耳膜。

我移开伞一看，啊，又是他，那个肩头微耸的钱夹失落者。他的嘴巴竟忘记了合拢，露出被烟熏黄的牙齿。显然，他为这种邂逅感到震惊。他涨红脸，后退着，一下子在人缝里消失了。

我闷闷不乐地上船了。几个钟点前那种帮助了别人所产生的愉悦化为乌有，取而代之的是上当受骗后的沉重的懊恼。我想，今后在真伪莫测的情况下，我是否还要滥用自己的真诚和同情心呢？我陷入沉思……

数天后，我被单位里的收发文书唤进办公室，叫我辨认一张汇款单。

我定睛一看——

汇款金额：壹拾元柒角整

收款人地址：本省 C 城 A 公司

收款人姓名：李同志

汇款人地点：N 县荷花乡芳草村

汇款人姓名：刘天涯

汇款人附言栏里写有一行小楷字：“谢谢您的帮助。”

我愣了，不知怎么的，我的心里热浪翻滚，以致眼眶也湿润起来。

救命的水仙

那阵子，程志远在荷城棉纺织厂当人事科长，妻子是商场鞋帽柜的营业员，有个又乖又可爱的女儿，这个三口之家的日子过得和和美美。谁料，好景不长，由于棉纺厂经营不善，随后便破产了。程志远科长也就成了下岗人员，这是两年前的事。

下岗后，程志远尝试过好几个行当，赚头不大。后来，他从事花卉买卖，倒很顺畅，不久就积攒了万把块钱。

有钱的日子他并不开心。半年前，妻子郁文静得了一种不明的病，低烧不退，伴有轻微的咳嗽，整日里有气无力，无法上班，只好病休在家。夫妻俩去了不少医院，求诊总没有结果。更为糟糕的是，郁文静的病每况愈下，咳嗽加重了，面色潮红，人瘦如柴。程志远真是心急如焚啊。

凄凄楚楚地挨到深秋。无奈之下，程志远自己去福建进了大批水仙鳞茎。去年他进的水仙鳞茎全部销出，赚了可观的一笔钱。他想把这批水仙鳞茎生意做赢了，估摸手头上可望有两三万块钱，就可陪妻子去北京或上海的大医院看病。

谁料想，这个时段，荷城捣鼓花卉的小贩都大量吃进水仙鳞茎，势必造成“供大于求”。加上程志远要照顾病妻和尚在读小学五年级的女儿，无太多的时间去小巷街头叫卖，摆地摊也是三天打鱼两天晒网的，仅仅图个形式。可以想见，他卖出去的水仙鳞茎实在是少得可怜。

临近春节的时候，程志远家里还存有 999 个水仙鳞茎，一个个在发芽疯长，有不少都快开花了，出手就更不容易了。

程志远和孩子，只好把水仙鳞茎一个个摆进碗里、杯里、罐里，余下的就放在两只长长的大塑料框里。他捣鼓了一阵，就闷头抽烟，望了一眼病床上的妻子，叹了一口气："文静啊，我真是急死了，这批东西值几千块钱哩。我批进这么多水仙，原是为了救命的。本来想好，赚了这笔钱，咱们就可去……"

郁文静淌着泪说："老程，是我拖累了你，真是对不起你……"

程志远的眼圈也湿了："老夫老妻的，别说这愁心的话了。该想个什么法子才好。"

女儿放下作业本，说："爸、妈，别急嘛。实在卖不掉，就把水仙摆在家里，咱们自个儿来欣赏。我就爱水仙，水中仙子嘛，花姿漂亮，香味又好闻。"

程志远沮丧地拍拍女儿的肩膀："小孩子懂个啥？光看水仙，光闻香味，能当饭吃？"

郁文静靠着床栏，凄笑着说："孩子的想法我赞成。我的日子怕不多了，让水仙和我作伴吧。这辈子，我也知足了……"

程志远听妻子把话说到这个分上，便欷歔起来。

在丈夫和孩子出门的时候，郁文静就支撑着病体。把装着水仙鳞茎的盛器不断变换位置，一一给它们换水，每次累得她虚汗淋漓。

除夕到了，远处响起喜庆的爆竹声。

程志远勉为其难地搞了一桌年夜饭。和饭菜一起飘香的，还有一盆盆盛开的水仙花。小桌上、茶几上、窗台上、案板上，全摆着水仙。满屋的水仙花，碧绿的条状叶子，伞形的花序，白色的花朵，黄色的花蕊，美轮美奂，如梦如幻。上万朵洁白的花瓣，摇摇曳曳，香气袭人。这顿年夜饭，郁文静的胃口特好，还喝了一小盅葡萄酒，脸色也开始活泛起来。

这些日子，程志远家的水仙花香，飘飘荡荡，散得很远很远。不少路人寻香而至，都以为这间平房是个香水加工场哩。

元宵节后，水仙花开始陆续枯萎，暗香仍飘飘荡荡。

郁文静能干点家务活了，她甚至还哼起了小调，脸上的阳光也越来越多。连她自己也惊诧，水仙的香气居然能治疑难病症？当然，她更愿意理解成：天助苦命人。郁文静的身体委实是一天好似一天。当她有一天出门去菜场买菜，相遇她的熟人都认不出她来了。她比以前更有神韵，眉清目秀，肤色白皙，判若两人。

不久，郁文静的身体完全康复了。她回到商场上班的第一天，同事们又好奇，又激动，纷纷和她拉呱儿。她说得最多的是对水仙的感恩。

自此，荷城喜欢养水仙的人家越来越多。这是后话。

玉雕

濂逊先生在滨城制冷研究所任工程师。他的日常生活几乎全被工作和研究上的事务所占据。他这样劳顿自己的身体，疲乏自己的脑筋，除了缘于事业性的驱动外，还有一个不可否定的原因：他得向冷寂的家庭生活作战。

具体地说吧，他的夫人五年前去意大利接受她姨母的遗产和主持一家公司的运转，就没有回来过。家中还有一个读初中的儿子跟他一起过，日子想必是难挨的。他毕竟还只有40岁嘛。

他的夫人绝对是个好女子，她说过再待上半年，把那里的事务搞一个段落即回国，她不能没有他。夫妻俩自然也时常通通越洋电话，以告各自的平安。但是电话是难以传达实质性的情爱的。

要知道，濂逊先生不仅学问好，而且极具仪表，修长挺拔的身材，瘦削的脸上架一副金黄色丝边眼镜，一派学者风度。自然的，他也是个极有欣赏品位的人，对于艺术，对于衣饰，对于形象设计，他都在行。每每相遇高雅、貌美、风韵不俗的女子，他也会掉头顾盼，那双热望的眼眸，往往被别人所误读。

一次他途经一条小巷，和一位着装素雅、肌肤白皙的年轻女郎擦肩而过。当他回头再作欣赏时，那女郎也回过头，把含情脉脉的目光投掷过来，他不由得放慢步履。女郎唐突地踅回身和他搭讪。凭直觉，他知道对方是干什么营生的，便连忙拔腿逃窜似的奔出巷口，惹得那女郎发出一阵放浪的笑声。

最叫他尴尬的是他的同事——尚未婚嫁的温小姐。这段时间那种撩人的目光老在他脸上扫，还把温柔的语音、诱人的香气、丰满的身影，频率很高地留在他的办公室。那天，单位里集体看一部新进口的外国影片，内容与爱情有关。他的座位恰恰和温小姐相邻。影片映至中段时，他就感觉到温小姐的手在黑暗中摸索着他的手。他自然极力婉拒之。可是身陷单相思的温小姐非常执著，最终还是抓住了他的手。他浑身战栗，只是一会儿，他就站起身，独自离开了影院。翌日，他悄悄地对神情沮丧的温小姐说：“为了你的幸福，请把你的视线离开我。”温小姐终为他高洁的品操所折服，调整了自己的情绪，很快寻觅到了相匹配的白马王子。

可是，今天怎么啦？他喝了一杯啤酒，又喝了一杯，整个身心为一种浪漫情愫所沉浸。他出差到一个海滨城市，接受老同学阿西先生的宴请。酒逢知己千杯少嘛，冒溢的啤酒沫，闪烁的彩色灯光、轻音乐，使他恍如隔世。

阿西是位工艺美术家，供职于当地的一家广告公司。他悄声地说：“濂逊兄，你也别太正统了，放松、放松吧，绝对不会使你失望的。”

濂逊先生也许是被醉意所牵制，也许是长期“单身汉”生活的压抑在作反抗，他醉眼朦胧：“阿西兄，你说吧，怎么个放松法？今天我舍命陪君子！”

阿西先生淡笑：“也不至于让老同学搭上性命。我认识一个女子，绝对女人味。端庄秀美不说，就是她那从内到外、美白滑腻的肌肤，那动人心魄的体态，就够你欣赏的了。她的乳房极挺括，不像有些女人，还不到40岁，那对玩意儿就下坠了，没那回事！”

两人就这样边聊边向一个神秘的住处走去。到了。进门。阿西先生揿亮灯。一股清新芬芳的气息扑鼻而来。少顷，他俩站在一个有落地窗幔的单间里。

阿西先生摇晃着身子，手一指：“怎么样？看吧！”

濂逊先生顺着老同学所指的方位，睁大眼睛。哟嗬嗬，在墙角果然站着一位裸身女人，浑身上下洁白无瑕，体态丰腴；脸上表情有点冷，却具无穷魅力。她默不作声。

阿西先生用手抚摸着女人的肌肤：“摸摸看，世界上哪有这么好的肌肤，冰清玉洁，滑润如水。”他这么说的时候，醉意顿消，脑子非常清晰，得意洋洋的语调中窝着获之不易的慨叹。

“太美了，简直是一尊美神！”濂逊先生也照老同学的样子，用手轻轻地大范围地抚摸起来。他陶醉了，加上酒力的作用，终于醉倒在地。在地上，他还下意识地轻轻抚摸着那女人匀称、修长的小腿肚，以及那些可爱白嫩的脚指头。

这是一尊白玉雕像，与真人大小相似，栩栩如生，美丽绝伦。这是阿西先生花了半年工夫，倾其家资，潜心创造出来的杰作。阿西的夫人也在五年前去了海外，至今未归……

十二年前的苹果

那年，小豪 18 岁，在 M 厂当机械学徒。天知道是怎么回事，他情窦初开，陷入单相思，竟迷恋上他单位里一位 30 岁的端庄又漂亮的女工程师。

当他把心里莽撞的爱，用信的方式向这位大他 12 岁的女工程师披露后，遭到了她的奚落。她说他还是个孩子，还说她早已结婚并有了孩子，还警告他别胡思乱想，说只有没出息的人和坏小子才胡思乱想，云云。

小豪一时羞愧难当，无脸见人，无地自容。他到厂医务室弄了一瓶安眠药，留下遗书，准备结束自己的生命。诀别之日，他滞留在家。当他最后一次回望美好的阳台时，视线被阳台栏杆沿上的一只绿苹果吸引住了。

这是一只新鲜、饱满却尚未熟透的苹果。它是怎么出现在这里的，他无法想象。他能想到的是，这只绿苹果一定是一位好心肠的哲人对他的忠告。这只蓦然出现的绿苹果与自己的缘分，会不会就像落地苹果与牛顿的缘分？他想。难道这位哲人是在说，是苹果树总会结出苹果？还是说，苹果树苗长成会结果的苹果树需要很长时间？他不能确切地明白哲人的意思，但这番美意，他心领了。这真是神圣而神奇的启示！他感动得淌下热泪。

小豪的情绪恢复正常，并把安眠药弃之。在以后的日子里，他默默地工作、读书，还参加了大专自学考试。当他 30 岁时，取得了工程师职称。与此同时，他认识了一位小他 8 岁的美巧而心善的描图员姑娘，不久两人便真心相爱了。

新婚之夜，略有醉意的小豪向娇妻谈起 12 年前的那只绿苹果，她听后却一点也不感到惊诧。

娇妻告诉小豪，她 10 岁的那一年，由于家里住房紧张，就暂借宿舅舅家。舅舅家比小豪家高一层，那一天，她做过这样的游戏——用小钩和细线把一只大大的绿苹果从阳台上坠下来，置放在他家阳台的栏杆沿上。

“你为什么要做这个游戏?”小豪不胜惊讶地问。

“因为我那时特喜欢你这位邻居大哥哥，真的，还有点崇拜你。那几天，我看见你老是愁眉苦脸的，就想着法子逗你乐。”她神情认真地说。

“我怎么没有一点儿印象?”他的声音很轻，像是在问自己。

“这没什么奇怪的，那时我还只是个极不起眼的黄毛丫头，没有谁会注意我。”娇妻说。

“真的?”

“真的……”

夜静极了，有一种温热而芬芳的气息在四周扩散，月光投入窗口。

道　歉

K 机关的三楼位中的一间办公室，带有点神秘色彩。此办公室的主人——资料员 A 小姐，是位秀色可餐、待人却一律淡漠的冷美人。不过，她的工作是很勤勉的，而且简直是个卫生模范。她本人总是打扮得漂漂亮亮、清清爽爽；对她的工作室，她也总是定期搞一次卫生，周期极短。擦桌子、抹玻璃窗是很频繁的事。只是水龙头在二楼，取水倒水挺不方便。这样，A 小姐常常把洗过抹布的水从三楼走廊的排窗往下倒，便用不着大惊小怪了。好在楼下是一片草坪，种着些树、花，这“肥水”倒使草木更兴茂。

话说 K 机关有位性格沉郁的老小伙儿 B 君。他是化工科的助工，瘦骨嶙峋的身材，戴一副黑色宽框眼镜，也有几分气质。天知道，他在想什么，到了三十七八岁还是个单身汉。那双沉郁的眼眸，倒是透出他人生道路上的苦涩。

B 君的办公室就在底楼，房位也处中段。B 君和 A 小姐关系是极一般的，很少单独聊天，见了面也是每每作视而不见状。本来他和她不可能有什么故事可衍生，只是一件极普通、极偶然的事件，使他俩的命运居然缠在一起。

初秋的一天，晴朗，天高云淡。K 机关每个办公室都增发了数块抹布——大搞卫生，迎接系统大检查。

B 君的办公室有科员 6 名，分工的结果，由 B 君包干办公室门前走廊外的排窗。共 11 扇玻璃窗，合计 33 块玻璃，扣除破损的那块，实际上要擦洗 32 块。

B 君就拿出满腔热情，先是冲洗，接着用旧抹布湿擦，再用新抹布干擦，直到用旧报纸来个最后的“精加工”。一会儿人站在草坪上，一会儿人又回到走廊里，忙得很有情致。

两个多小时后，三十二块玻璃亮亮堂堂，加上天高气爽，更增加亮度。事情本来即将结束了，偏偏B君是个极认真的人——看到西侧有一块玻璃尚留有一小点灰斑，就再从走廊走出，来到草坪，再走近排窗，准备再做一次揩擦。脚步刚移至排窗，天上——确切地说是三楼猛地一脸盆脏水直灌下来，“哗啦”一声，B君被浇成个“落汤鸡”，满头的水，满身的水，直透肉体。B君当时愣了一下，下意识地抬头看，朦胧中有姑娘的裙衫掠过，还落下一串银铃般的笑声。

少顷，三楼上的肇事者噔噔噔下楼，向“遭难”者道歉。道歉者竟是A小姐。她涨红了脸，说了一通不是有意的、实在对不起、下次一定改正、把脏衣服换下代为洗之类的絮言。

B君看了一下A小姐，支吾半天说不出话。

翌日，B君就不来上班。有消息传来，说他昨夜感冒发高烧现已住院挂盐水。

于是，A小姐就拎着水果去医院看望B君，又重复了一遍已经道歉过的话，歉意使她的声音微微发颤。

B君看着神情纯真的A小姐，似乎有点被感动了。他推了推黑框眼镜架：“A小姐，别这么说，该道歉的是我。你不知道，我预感那天你会倒水下来，但等了许久仍等不到，当我几乎绝望的时候，终于……我现在心里痛快多了。我是个并不高尚的人，时常会有些卑琐的念头在脑海里掠过，你的倩影时常会出现在我的梦里，扰得我每每心神不定。我活该，活该要泼盆脏水……”

A小姐的眼眶湿润了。

后来A小姐再也不往窗外倒水了。再后来A小姐和B君便接近起来。大约离那次“大搞卫生”还不到半年时间吧，K机关人人分得喜糖一袋，A小姐和B君则去南方旅游结婚了。

亮叔

公园围墙的西侧，有一群人在围观。什么？以懒和赖出名的瘸腿“老拐”经营起擦皮鞋的行当来了。新闻!

他的生意起先不佳，后来人们被他的热忱和手艺折服，生意日益兴隆。

摊上，整齐地摆着黑、黄、蓝、棕各色鞋油。

墙上，挂着一个玻璃框。里面镶着他的个体营业执照。

每天工作前，他先把这个框擦得亮锃锃的。

“不亮不要钱!”他热情地向行人兜生意。

他笑容可掬地接待一位女顾客：“请把脚搁在这里。”他指了指斜装在那只木箱式凳上的鞋形平头板。他先用湿布揩去鞋边的泥迹，然后把两块小皮片插入两侧。上油。用过大刷子，又用小刷子，接下来是精加工。他拉挺长长的擦布，在鞋面上来回搓擦，有好几次，擦布稍碰鞋面就提起，功夫就在这上头，发出啪啪的响声。他噘起嘴，像品味生活的美酒。珍珠般的汗水，粘满他那特大的脑门。

“五毛五。”他毫不客气地收顾客的钱。

顾客一愣：“这么贵?!”

“老拐”客气地指了指顾客的皮鞋：“贵不贵，要看您的鞋亮不亮。”

五毛五，擦一次。他定的价。他不想多收别人一分钱，别人也休想少给他一分钱。

有消息传来：“老拐”有对象了，也是位个体户，搞刺绣的。有人还看到他和那位绣娘一起看过电影，绝对不会搞错。难怪他起早摸黑拼命干。雨天，补鞋、钉掌，晴天老行当。四十多岁的人了，娶老婆不容易。钱，得用自己的汗水换。这算是他的一点人生经验。

这天，街头开来一辆漂亮的旅游车。车内走下一批外国旅客。我们这座城市生产的毛笔驰誉中外，还有铁佛寺、飞英塔等古迹，很有吸引力。就是来尝尝风味独特的馄饨，也不枉到此一游。

有两位外国人，风度翩翩地向“老拐”那个鞋摊走去。不消说，他俩脚上蹬的是皮鞋，尖尖的头，蒙有旅途的尘土。

高挑个子的外国人向矮胖的外国人做了一个手势。“老拐”露出欢迎的神色：“要擦鞋?”亲昵、殷勤，但并不谄媚。

高挑个子点点头，一屁股坐在有扶手的大竹椅上，发出一阵很沉的吱嘎声。高挑个子高傲地架起腿，昂起头，一脸鄙夷擦鞋匠的神态。

“老拐”小心翼翼地把两块皮隔片插入那只大型皮鞋的两侧。忽然，他感觉到什么，灵巧的手变得迟疑了。掉头一望，看见了那个矮胖型外国人。

“老拐”的脸突然露出困倦的神色，站起身，用手势夹着话，告诉外国顾客，他已工作了一天，手伤了筋，实在抱歉得很。

坐在竹椅上的外国人从皮夹里掏出一张五十元面值的人民币。

“老拐”摇摇头：“没有零钱找。”

外国人也摇摇头，意思很清楚：全给你了。

“老拐”又摆手势，又夹着半通不通的普通话：“我可以免费供应鞋油，你自己动手吧!”

这时候，围观群众中一位视力特好的肉店老板“一刀准”发现，那个矮胖型外国人正在用微型照相机选择镜头，等待“老拐”的殷勤表演。

“老拐”挺起胸，昂起头，脸上挂着朗爽而自豪的笑，眼睛愉快地眨巴着。

两位外国游客怏怏而走。“老拐”极有礼貌地招招手：“古得拜安!”

不久，“老拐”的雅号退休了。小孩们一看见他，就亲热地围着他：“亮叔!”

这城里，谁不知道亮叔!

青橄榄

雅蓉是这样一位姑娘：俏丽，矜持；爱吃水果，特别爱吃青橄榄。

她在闹市区一家皮鞋商店做营业员。从她纤纤素手里售出的男女各式皮鞋不计其数。在这种有时爽气、有时不爽气的很讲究“对号”的货款两讫中，她不留意地消磨了自己的妙龄时光。细想起来，倒也没有什么青橄榄的回味。

她已经29岁了。

她有过一段爱情黄金时期，媒妁和求爱者纷至沓来。现在冷寂了，冷寂了的还有那颗躁动的爱心。但她仍改不了爱吃青橄榄的嗜好。有时在店堂里，她嘴里一边含着颗青橄榄，一边回答顾客的询问。她含混不清的话语，使那些名义上来选购皮鞋，实际是在进行“第一印象”考察的单身汉，大失所望。

雅蓉在陆续和十来个求爱者断交以后，又结识了大她五岁的在市科协工作的助工刘壁。这是五个月前的事。

有过几次约会，刘壁对她很钟情、很热情。她挑剔不出他有多少缺点，也没发现他有多少优点。他很有耐心，她则有点举棋不定，这样的关系从去年树叶发黄持续到绿叶成荫的初夏。

这天，雅蓉值夜班。当她一切停当准备就寝时，刘壁来了。她的神情有点忧郁，眼眸里有种若有所失的惆怅。白皙的额头隆起细纹。

“阿蓉，你身体是否……”刘壁推了推秀琅架眼镜，关切地问。

“哪儿的话，我什么都好！”她瞟了他一眼，那种若有所失的惘惘加重了。

店堂里只有他和她，还有高高的柜架里被顾客抉择过的和未曾打开过的皮鞋盒。初夏的夜，温热。他有点动情了，他走上前去，捏住她的手。她还来不及有所反应，他便一把抱住她，嗫嚅：“蓉，我们……结婚吧……”

她挣脱了他强劲的手，后退。忽然，他重重地倒向柜架。柜架倾斜，皮鞋纷纷翻落在地。盒盖掀开的，盒子和皮鞋分离的，皮鞋和皮鞋错位的，一片狼藉。

“你看，你……”雅蓉满面冰霜。

“嘀，啊，咿……”刘壁自知闯了祸，神情尴尬极了。

还原。两人默默无言地忙碌。两只成一双，成双后再配相应的盒子。少顷，柜架上又饱满起来。

雅蓉的秀额沁出汗珠。当她从刘壁手里接过一只26码的男式黑色皮鞋，准备往最后一只纸盒里装时，忽然，鞋里滚出一颗东西。她捡起一看，是一颗业已风干的、皱皮疙瘩的青橄榄。那青青的润色早已消藏。

刘壁凑近一看：“是颗橄榄?”

她点颔：“青……橄榄……”她怎么也想象不到，这只皮鞋里会有这个玩意儿。是哪天自己无意中疏漏，还是哪位同事有意的幽默之举，弄不清楚，但是，这颗橄榄在皮鞋里面一定很久很久了，这是很清楚的。

雅蓉转过头，凝望刘壁。蓦地，她忘情地扑在他宽阔的怀里，秀丽的眼睛上挑起泪……

曾经的阳台

初夏里的一天，倪雪坤早早起床，把园里的花盆互换了位置，一抬头，愣住了。后园那条河的对岸，什么时候起，居然耸立了一幢新楼。

洒水壶的水柱倾出盆外。

他看见那幢新楼第三层的阳台上站着一个人。

是个女人。

是个年轻的姑娘。

她依傍着栏杆，手撑在栏面上，脚微微踮起。晨风轻拂着她那瀑布似的秀发。

翌晨，倪雪坤在修剪花枝时又发现了那位姑娘。同样的位置，同样的姿态，同样的若似盼企的神色。

当第三天，他又发现那个姑娘的时候，他才思考她在那儿干什么。无疑的，她是在欣赏他的花卉，由于角度有问题，妨碍了她的视线，为了寻找最佳角度，她才使自己的俯视变成一种生气勃勃的动态。

明白了这一点，并不使他感到震惊。

他有学问，但不属于知识分子范畴；有力气，但不是体力劳动者。一个普通的矿山公司里的普通资料员。他做什么事情都一丝不苟，一丝不苟到有点拘谨的程度。似乎是那一连串一连串的数字和盈箧满屉的各式资料耗尽了他的热情和活力。邻居熟悉他那踽踽的孤影，他却不熟悉生活的笑。那弯泥墙围住了他种的花卉，也框住了这个年逾四十的单身汉的所有希冀。一俟天亮，他就忙碌起来：浇水，施肥，捉虫，修枝，整形。那种旁若无人的忙碌使他的额头冒出汗珠，眼眸熠熠发亮。手指灵巧，步履轻捷，有一种小伙子般的矫健重现在他的身上。

一天天过去了。他每天大清早走进园子，一抬头，总会看见那位姑娘。他的花卉有人在观赏。这是姑娘的一双明眸。这么持久，这么专一，这么虔诚，这使他产生了一种不可抗拒的心的撼动。

一个细雨蒙蒙的黎明，他又看见她候在那里。雨花湿了她的头发和衣裳，她仍在那里踮呀踮呀踮，这种动态在银色的雨丝里添了一分悲凉的色彩，像企盼，更像祈求，使他怦然心动，以至眼角也湿润起来。

倪雪坤本来就富有恻隐之心，只是坎坷的遭遇使他的外貌习惯于一种冷酷的表情。此刻，他那颧骨很峭、呆板的、缺乏温情的脸上，执著的思纹柔和起来。他在想，该用一个什么办法，才能让阳台上的姑娘观赏花卉的时候，不必那么踮呀踮呀踮。苦恼又一次在他的那颗近乎麻木的心上滋生。

苦恼排除了。办法很巧妙，把花盆移置到墙顶上去。倪雪坤为自己能想出这个办法非常得意。

今天，他摆上一盆白兰花，明天换上麻叶海棠，鹅黄的香水月季，花朵成片的夏鹃，开小黄花的潇洒的鹊梅，形似蝴蝶的三色堇，秀巧的小叶迎春，都一一被置上墙顶。只要盛开着的，都被他选中。那古老的壁面斑驳的泥墙顶上，天天有美丽的色彩，奇妙的植形，优雅的花姿。这个已经习惯了孤独的单身汉，他的内心深处仍然不失别人能赏识他的“作品”的渴望。只不过，他把这种渴望掩盖起来，就像缓缓流淌的河面掩盖着河底的潜流一样。

有了心的回音。

有一天，他仔细地朝阳台那边端详，发现她在朝他微笑。不过他又发觉，她的手撑在栏杆上，那双脚仍然在朝上踮。这是怎么回事呢？难道说，她还够不到可以怡然观赏的高度？

这使他又忧郁起来。于是，他在墙顶置花盆的地方添加了几层砖。这样，置花的时候，他得用两只骨牌凳叠起来，登上去，才够得到砖头的位置。

他天天登上那个高度，风雨无阻；她天天出现在阳台上，从不迟误。有一天，他欣喜地发现，她的脚不再踮起，神情是那么自然，那么欢愉，目光抚慰地向下观赏。他甚至还分明听到，夜里，会飘来歌声，那种很年轻的姑娘才会唱得出的脆玲玲的歌，是从那个阳台发出的。

一天，正当把一串红置在墙顶的砖上时，感觉到脚下的凳子悠晃了一下。他跌落下来，发出一阵沉重的声音。他趴在地上，一只骨牌凳压在他的臀部。

他没有哼一声，爬起来，掸掸沾在衣上的尘土，嘴边留着苦笑，赶去上班。只是到了晚上，当他躺在床上，他才低声地哼哼唧唧起来。他的膝盖和手肘上，出现了微肿的紫块。

第二天，倪雪坤身上的疼痛还未消退，又去叠那只凳子。他开始注意置设时的稳度和登攀时的力度。这位业余花匠回家的时候，步履开始轻快。他的小屋有了变化。灰尘被擦去了，烟蒂被清除了，地上变得光洁，玻璃窗变得明亮。而他的同事们突然发现他刮光胡子后，原来还有这样一个漂亮的年轻的下颌。

天渐渐冷了。

夜晚，有些花卉要捧进屋子里来。屋子里有炉子、热水瓶、暖杯、电灯，以及棉质的东西；有窗，有门，能抵挡风寒。

假日里，他在电器商店逗留片刻后，买回一台电唱机。他兴冲冲回到自己的家。唱片在旋转着。一支关于春天、夏天、花朵和泉水的歌。优美的委婉旋律在四壁回荡。他笑了。

他仍然一清早，就把一盆鲜花置在墙顶上。

这一天，倪雪坤把那盆取名“豆蔻年华”的黄色月季捧上墙顶，一仰首，却不曾见到她。不知为什么，他痴痴地候在小园，很久很久，还是不见她露面。他上班第一次迟到了十分钟。

第二天、第三天，他仍然不见看花姑娘的倩影。他还是一盆换一盆地等待着她再次露面。

唱片蒙上了灰尘。他一支接一支地抽起烟来。他尝到了一种比孤独更要痛苦得多的不能言状的怅惘。她怎么啦？一切都不是那么容易想象的。细想起来，他这一生中没有这样地惦念过谁。

外面的风很凛冽。该拿进屋的花卉，全部搬进了屋，占了整个空间的一半位置。

屋外飘着雪花。

冬夜，圣洁、静谧……

第二辑

风波乍起

小区里的交通纠纷 / 荒诞的奇遇

赝品 / 深山的庙 / 怪症

搭档 / “法眼” / 隐私的售价

银调羹 / 原型

局长遭遇危险游戏 / 泥土

小区里的交通纠纷

初夏里的一天晌午，一辆奥迪车在通过富达小区的东门驶向小区的西门时，因右边有车停在白线内，只好驶向偏左的路道。刚做完家政的下岗女工阿俪骑自行车从西门口驶入，在奥迪车与路缘的窄道穿过。由于紧张，阿俪的自行车擦碰到奥迪车的左侧车门，人和自行车随即倒地。结果奥迪车的车门留下六七厘米长的一道擦痕，而阿俪的右手也被擦伤，手背上紫皮青痕的。

奥迪车司机下车，指责女子："会不会骑车？哼！"他长得壮壮实实，很有财力、很有体力的样子。

阿俪赔礼："实在对不起。"

司机看到车门上的擦痕，口气有点毒："你看，你看，这痕迹，我的车可是新车，赔！"

阿俪想想自己真倒霉。下岗后一直找不到一个好工作，刚刚搞了一份家政做做，还没领到工钱，就碰上了赔钱的事。她嗫嚅道："先生，怎么个赔法？"

司机说："上上漆，起码要花1000元钱。"

阿俪的眼睛红了："我，我哪有这笔钱呀？"

司机用右手做出个数字，开恩似的说："那就打八折吧，800元。"

阿俪哭出声来："我的手还伤着了呢……800元……我拿不出。我只有100元。你就放我一马吧？"

围观人群中有一位老头走近奥迪车，朝车门的擦痕看了一下，对司机说："车重要，还是人重要？车伤了还可以修。人……你得马上送她上医院。"

司机的嗓子变粗了："什么话？是她自己撞上来的。"

一位中年男子出来打圆场："这位司机先生，想必是老板。你得讲风度。人家是个老百姓，手也受了伤，就算了吧。"

司机说：“我不是老板，我是替别人开车的，车门这样子，车主要我赔的。”

旁人三三两两地议论道：“他是老板，车是他自己的……”

那老头见有人支持，声量放大了：“你这个司机不要太霸道。”

谁知，司机大声斥责：“关你什么事？你别在这儿噜苏，没你的好处！”一种黑道中人的意气挥抖出来，凶相毕露。

中年男子吓一跳，回转脸见司机斥责的是老头。他知道，这也是给他的警告。

老头以笑相答：“你的意思是，我帮你说话，你才乐意？”

中年男子也不示弱：“这里是小区，在小区路道发生交通磨擦的事，我想，责任首要方应是汽车。既然你不肯宽宥，那就等交通警察来做裁判吧。”

司机冷笑：“这不用你烦，我这就打电话。”说着，他掏出手机，咿呀哇啦地说了一阵。

只是迟迟不见有人来解决这个交通纠纷，司机和阿俪僵持着。

这当儿，一位壮汉猛地拨开人群，冲着阿俪说：“你，大妹子，走吧，这里的事，由我来管。”说着就推拉着阿俪走出人圈。阿俪啜啜泣泣地推着车走了。

司机就上前和壮汉评理：“你是哪门子里的神？你知道事情真相吗？”

壮汉说：“我一直在场，当然知道。你还算运气的，没撞死人。”

司机大声说：“是她撞我的车！你的眼睛没有视力阻碍吧？”

“照你的理论，你撞伤了人家的手，要人家赔你 1000 元；如果你撞断了她的手，则要她赔你一万元了；如果你把她撞死了，那她要你赔你 10 万、100 万？是不是？”壮汉越说越激动。众人哄笑起来。

“岂有此理！”司机大声叱责。

壮汉举起双手：“你、你才是岂有此理！”

司机怒不可遏，欲上前挥拳头。有人拦住他，悄声地说：“你别与他计较了。他是个精神病患者。”

一直坐在车里的妇人，下车扯扯司机的衣袖：“算了刘老板，咱们的事还没办妥呢，抓紧时间吧！”

“哈哈哈哈！”壮汉手舞足蹈起来，并把外衣脱了，单手搭在肩上，“怎么样，上寒舍喝杯茶吧，老板大人!"

司机气呼呼地上车，踩动引擎，从车窗掷出一句话："今天活见鬼了!"

路人无不叹息。原来壮汉的妻子在半年前死于一起交通事故，肇事司机却驾车逃之夭夭，至今未能抓获。不久他就精神失常了。

荒诞的奇遇

时装推销员老甄，跑过不少码头，但还是第一次来贾镇。虽说他的业务能力属第一流的，可在这个陌生而又美丽的小城却有点吃不开。当对方知悉他的姓氏为“甄”的时候，竟一致的不愿意在合同上签字。如此这般地一折腾，无一成交，他的肚子却提早向他打招呼了。

火箭快餐厅。

他点了一碟白斩鸡，一盆炒鱼片，外加一瓶“冒得高”啤酒。

他打量着异地人的服饰，抽了两支烟，把刚买来的尖头牛皮鞋穿上，又把换下的满是风尘的旧鞋装进鞋盒，回忆了几个旅途印象，再琢磨了几个推销方案，还不见酒菜上桌。

足足过了59分钟，服务员来了。

啤酒倒在碗里，没有一点泡沫，呷了一口，淡如水，动筷了，鸡的味道似老笋，而鱼片的滋味和番薯差不多。

老甄问柜台上开发票的男子：“这酒和菜，是否弄错了？”

那男子在听取了他关于所点的酒和菜的名称后，点点头：“没错！”

“没错？你自个儿尝尝！”老甄有点愤然了。

开发票的男子听后却大笑起来，声音尖厉，笑纹凝然不动，笑相似哭。

甄推销员连动怒的分儿也没有了，惶惶然掉头就走。

时近傍晚，天下雨了，雨丝绵绵。

前面出现了音乐，舞曲，优美而缠绵。

老甄的步履放慢了。他可不是舞盲，确切地说，他甚至可称得上个舞迷。说不清是为了避雨，还是为了排遣，他走进舞厅。

红男绿女，翩翩起舞。灯光幽暗，音乐忽高又忽低。

他坐在墙角的长凳上，痴痴地观赏。

突然，他的耳边响起一个嗲声嗲气的声音：“请!”

老甄抬头一看，是个身材婀娜的妙龄女郎，向他作出无法抗拒的邀请。他的心甜滋滋的，不由得牵起女郎的手，步入舞池。

媚笑，丰满高耸的胸脯，白皙秀气的脸。艳遇啊！不过，在跳得起兴时，老甄很快便感觉到什么了。她的手关节挺大，手臂上的汗毛粗且密，腮边依稀可见胡须碴，脖中突凸的喉骨在微微滑动。

老甄的手松开了。

“怎么啦?”舞女显然觉察到什么了，问。

“我，我想去厕所一趟……”他急中生智。

她飞给他一个媚极了的眼风：“快点呵，我等您!”

甄推销员从门边溜了出来，心嘣嘣直跳。

天色骤然暗了下来。雨止了。他走得很急。怎么？脚有点不好使唤，还发出巴答巴答的声响，跷起脚步一看：完了，新皮鞋已经开了“口子”。他摘下一只鞋凑近看，喔嗬，鞋帮是牛皮纸加工而成的，质地松脆。

他苦笑了，但心里却委实紧张得不得了。他决定连夜离开贾镇。

大街上走来一位身着新式制服的民警，年纪很轻，脚步铿锵有声。

老甄松了一口气，待民警走近，说：“我，我要向你反映情况。”

“很紧急?”

“是，是的。”

“这儿谈不方便，你跟我来。”

有一张桌子和两只座椅的小屋。

民警摊开笔记本：“说吧!”

于是甄推销员谈起了快餐厅和舞厅。

民警不时地点头，沙沙地做记录，当听到甄推销员说起脚上的皮鞋竟是纸制的时候，他站起身来。

“嗬，居然还有这样的事，太不像话了!”由于激愤，他摸出别在腰带上的手枪，往桌上重重地一掷，“我现在就去收拾他们!”

有个什么小玩意儿从桌上弹出来，碰到老甄的脸上，又落在他的脚边。他捡起一看，是片黑色的塑料角儿，回头往桌上一瞥，发现那把黑色的手枪缺了一块。

突然，门外传来一声喝令：“不许动!”……

赝品

A 君特喜欢欣赏画，特喜欢新近声誉鹊起的新潮国画新秀济森先生的画。只是由于钱囊苦涩，他未能收藏到济森先生的一幅画，哪怕是一幅小品。

那天，在外地工作的朋友 B 君送给 A 君一幅济森先生的新山水画，他自然十二分的高兴。这样珍贵的画，不去裱一裱是不相宜的。但实在是手头不宽裕，他只好把小客厅的那只老式茶几卖了，总算办妥了“裱糊”大事。

裱糊过的画，果真大放异彩。悬挂的最佳位置是昔日置茶几的那方墙上。现在那只老式茶几是没有了，自然就少了一分古色古香的雅气。

一日傍晚，A 君家来了一位不速之客。来客是位很有风骨的中年男子，自称是从 A 君的朋友 B 君那里得悉 A 君的为人和住处的。侃谈自然涉及济森先生的画。

来客问 A 君：“您见过济森先生吗？”

A 君答：“惭愧、惭愧，只闻其名，无幸得见。”

来客的眼皮一抬：“您这幅画是赝品。”

A 君慌了：“何以见得？请赐教。”

来客站立：“我就是济森。”

A 君闻言大惊，连呼上当。

来客笑道：“您不要伤心，不要泄气。改日我给您画几幅送到府上来。看您对我的画这么虔诚，令我十分感动。相知不易，知心更不易。”

A 君用好酒好菜待之。酒逢知己千杯少。

临走时，客人摘下画轴，告诉 A 君，“我要拿回去细细研究，看看这是出于何人之笔，何人敢这么胆大妄为，冒我名、败我声誉，一旦查出一定痛加教训。另外也要量量这画的尺寸，因为这墙上，唯有这个尺寸才合适——大了不好，小了也不好。”

A 君人已半醉，一切听客人摆布。

很多天过去了，没有画家音讯。

半个月后，A 君在城西隅书画店里，看到一幅标价为一千元的山水画立轴，和那天被客人带走的画十分相似。问询，答复是收购进来的，收购价向来保密。

A 君后悔极了，在心里把那个“不速之客”大骂一通。大叹世风不正，人心不古。

翌日深夜，A 君被叩门声惊醒过来，又不敢开门。门外那人叩得急了：“A 君先生，快开门，我是济森。”

A 君恐有诈，背手暗藏菜刀，以备不测。门一开，果然是那位多时未露面的“不速之客”。

来客脸露歉色：“A 君先生，真是抱歉了。本该早早拜访，无奈那天回途中遭劫，那裱过的赝品被抢，连手表等物也被勒了去，手臂也被扭伤了。故姗姗来迟，还请见谅。”

A 君大惊大喜，原来如此。遂沏茶，邀坐。

来客展开用塑料纸包裹的两幅画，递上：“这两幅还是昨日赶出来的，赠之，聊表心意。”

A 君当即展画品赏，喜上眉梢。客稍坐，便起身告辞了：“后会有期。”

时近午夜，A 君一人端坐。大喜过后，忧上心头：此客真是济森先生？世间真有这样的君子？这两幅画是真品？如果有幸是，又得去裱糊、裱糊，裱画费用何处筹措？疑虑一个接着一个。烟雾缭绕。

深山的庙

阿泰兴致勃勃地向阿盖说："咱俩做伴，一起去钓台，那里的风景棒极了。"

阿盖刚刚下班，神情有点疲惫："兴趣不大。"

这就有点怪了。阿盖可是很喜欢旅游的，而且去年也和阿泰搭档同游泰山。是不是没有积存的假期？不是。原来前几天，阿盖花了一千多块钱购进了一台韩国产的"星牌"高档收录机，玩了两天便失踪了。这就大大影响了他的情绪。

知道了这个情况，阿泰动员得更来劲儿了："这就更应该出去走走，散散心，看看外面的天地有多大，这是其一；其二，钓台位处深山，深山必有庙，求求菩萨保佑，会给你消消晦气、带来运气。"

阿盖听着听着，大手往膝盖上一拍："好吧！"

于是，这两个单身小伙子满怀希望上了路。

两岸锦峰绣岭，深坡野花正红。说不出的清丽奇绝，说不出的幽静空灵。钓台遥遥在望，泊船而至。钓台分东西两台，两石对峙，高达百米。东台，相传为东汉高士严子陵隐居垂钓处。西台为爱国志士谢翱痛哭野祭文天祥处。

心诚，朝拜，叩头。

此处太妙了，但有一憾。按照阿盖的观点，山不在高，有庙则名；庙不在大，有菩萨则灵。可是，这里，庙是没有的，和尚自然也没有。严子陵祠中只有一尊严子陵的雕像，是称不上菩萨的。

夜间，阿泰坦然睡去了，阿盖却睡不去。

半夜，阿盖倏忽醒来，听到有一种不同凡响的声音，似来自很远的地方。再仔细辨之，心中不由得暗喜：敲木鱼的声音，和尚诵经的声音——"南无阿弥陀佛，南无……”

翌晨，阿盖摇醒阿泰：“死家伙，快起来，这儿有庙，有和尚，咱们去找!”

翻过一山，过小溪，绕坡而行。

天，湛蓝。山，郁青。

突然，阿盖的耳膜感觉到一种声音了：“南无阿弥陀佛，南无……”

绕弯。那种不同凡响的声音是越来越清晰了。

他和他相视而笑。

开旷地。古树如盖。

五六个西装革履的现代派青年，围坐。中心点是水果、雪碧瓶、可乐罐、冒泡的啤酒，还有笑!

再近之，愕然。这庙里的福音是从一架收录机里发出的。原来这里没有庙。

那台崭新的韩国产“星牌”高档收录机表壳的上端，分明刻有一个用红蜡笔涂之的“盖”字。

阿盖看清楚了，张开双臂，扑将过去……

怪 症

K 机关行政处的陶处长是个大胖子，经过几个月的“减肥运动”和坚持食素，身体固然消瘦了些，精力嘛，似乎变得充沛了。

有消息云：陶处长已到了可以退休的年纪。可是，却迟迟不见他办手续。原因很简单，有关部门——确切地说是陶处长本人吧，对行政处处长的后任人选还未酌定。在 K 机关，行政部门举足轻重，选人是万万马虎不得的。

坐在办公室最角落的青年办事员小唐是个细心的人，他注意到：近来，陶处长的信件突然多了起来，脸上的笑也多了起来，人嘛，反显得年轻些了。

一天，陶处长在办公室里拆开一封厚厚的信，眉飞色舞地阅读起来。倏忽，只见他“嗯”地一声，瘫倒在地上。

小唐见状吓坏了，连忙打电话向急救站求救。少顷，红十字小车驶进机关大院。

医院急救室。会诊。医生们大为惊讶。原来病人的手脚骨柔软极了，可塑性很强，确切地说，是变异性骨骼酥化。

“真是罕见的病例！”骨科主任医师发表高见，“病因和工作环境有关系，要看一看水啊、空气啊是不是被污染。特别要测测氟的含量，这可是酥化骨骼的元凶……”

这样，以环保局的黄工程师和医院骨科主任医师为正副头儿的调查组成立了。

经过几天连续工作，科学测定证明：K 机关特别是该机关行政处的空气和水源没有被污染现象，空气和水源中的氟含量合乎允许标准。

陶处长只好日夜卧床，食欲并未减退。只是胃口有点变了，对素食毫无兴趣，要吃“真格儿”的，人们也尽可能地满足他。

有一天，行政处搞卫生，不知是谁把水泼在墙上，墙上顿时湿了一片。

陶处长办公桌左侧的墙上有只大票夹，夹的是厚厚的一叠信函，全是别人写给这个部门的领导的。

搞卫生不能没有水。为了避免那叠信函受潮，小唐便摘下那只大票夹。拿在手里好沉啊。小唐好奇，不由得浏览起来。他读着读着，眉结渐渐舒展。来信的内容暂且保密，写信人对收信人的称谓透露数种：亲爱的陶伯伯、敬爱的陶叔叔、尊敬的陶兄长、慈爱的陶老师、令人肃然起敬的陶导师、人民公仆陶先生、当今伯乐陶处长……

至此，人们对陶处长病因的探索，开始有了一些眉目。

这天，小唐独自一人赶到陶处长的病榻前，指着他的鼻尖，大声怒斥：“你这个混蛋、混账、败家子、软蛋、王八蛋、窝囊废、狂妄之徒、无耻小人、连狗也不理的东西……”

陶处长闻言，先是甚感震惊，后来居然极利索地爬下床，行走自如，病态全消。

搭　档

清明节前夕，合伙做粽箬壳生意的阿坤和阿根，带着两大卡车的粽箬壳，风尘仆仆赶到江南荷城。早春的夕阳，把这两个粗犷的中原汉子的脸映得极生动、极强悍。

粽箬壳欲卸在城西巷前的一块空地上。

粽箬壳打成一个个百多斤重的包，一律呈长方体。他俩一捆一捆地卸下，并很整齐地堆在一起。为了少占地皮，更为了避免有人来干涉，他俩把粽箬包堆得很高很高。

此时，天色已晚，生意只好留待明天做。为了护卫这批货物，也是为了节省旅馆开支，阿坤和阿根就在包堆顶端搬动三包，地势下陷，形成一个凹形的粽箬“席梦思”。将随身带着的薄被往里一铺，就可挡寒了。凹床上方，用粽箬包横过来搭上，只留一个方孔，以便人进入床体。

高挑个子的阿坤和矮胖个子的阿根，可以说友情笃深。同乡同村，一起读小学，一起种田地，一起蹲大牢，一起破过产，一起靠做水果、竹篾之类的生意发了财。不是兄弟胜似兄弟。这次，他俩得到信息后，随即带了足足可赚五千元的粽箬壳从江北的莲镇赶至江南的荷城。另外，还携带十万元现金——两人这五六年来风风雨雨、苦心经营所积累的共同财富。他们计划：做完这趟生意，便回中原的老村，造房子、娶娘子，不再流浪，要过安定的实实在在的生活。

夜深。月明。

阿坤有尿意，便爬出凹床，朝西处慢慢走下。待他小解完毕，再爬上堆顶时，愣住了：凹床已不复存在，顶端和两侧的几捆粽箬包倒入凹处，凹处被填平了。

那么睡在里面的阿根呢？怎么没有声息？阿坤轻轻呼喊，不见回音。他的心不由得狂跳起来。说实在的，阿坤可不是个心地凶残的人。十一年前，年方十九的阿坤和长他一岁的阿根之所以触犯刑律，完全是一个意外的冲动——酒后失手误伤人导致的后果。再说蹲了五年牢，他完全变了，变得又温和又耐心又客气又懂礼仪。不过，此时这道数学题，他是会做的：十万分成两份，每份是五万，而一人独得是十万，十是五的两倍。

这粽箬壳，一捆少说也有百伍拾斤，一人拿还不怎么好对付。阿根一定是被压昏了。我可不是见死不救，更非谋财害命；我至多是不了解情况而已。他就这样在内心辩说着，犹豫着，在夜风中伫立良久。后来，他叹了一口气，抱着听天由命的痴想，缓缓从粽箬堆上走下来。靠在粽箬堆西角，又冷又惊，恍恍惚惚地睡了过去。

天亮了。阿坤向粽箬堆爬去，心慌慌的，跳得厉害。我不是凶手，我大不了见死不救！

这当儿，他的视线颤抖了：从南侧，胖墩墩的阿根正怀着同样的心情爬上粽箬堆顶。

高挑个子和矮胖个子对视着，手都在微颤。良久，阿坤和阿根各自用手擂击胸脯。少顷，两人合抱在一起，泪流满面声哽咽。

原来，午夜时辰阿坤欲小解离开“席梦思”，阿根则由于肚饿，随后也爬出凹床，向有夜市的一隅去看看有没有可食的点心卖。等阿根吃了一碗咸菜面回来后，见到的正是和阿坤见到的同一番心惊肉跳的场景。阿根怀着和阿坤相似的思量，爬下粽箬堆顶，在粽箬堆的东侧小憩，吸烟或作烟雾般的遥想直至天明。

三天后，粽箬壳销售一空。两人平均分配了积存和此趟生意所得，携手向中原老村进发……

“法眼”

一个秋日的晌午，坐在公交车临窗座位上的刘大姐突然猛烈地咳嗽起来，情急之中，她把口中的痰液朝窗外吐去，正好吐在同向前行的骑自行车的男子身上。她觉得很过意不去，又苦于无法下车作道歉。谁知五六分钟后，车到了一个站，下车时，那个不幸遭遇痰液的男子正好撑着自行车立在站牌下张望。他名叫阿鳅，30岁上下，壮壮实实的，长了一双三角眼。根据阿鳅的表情看，他对下车朝他走来的“肇事者”有点好奇。

刘大姐走上前鞠个躬，说：“真是对不起，这位先生，刚才我……”

阿鳅抬起右衣袖，发现了上面的唾液，说：“你说，怎么办？”她用商量的口吻说：“附近有家洗衣店，你脱了外衣，洗一下，立即可取，钱我出。”阿鳅瞪大三角眼，说：“不行！”

刘大姐没辙了，怯生生问：“那怎么办？去商场买一件，我赔你新衣如何？”

阿鳅的口气仍很硬：“不行！”她的眼圈红了：“那怎么办？你想怎么办？”

路人开始围观，低声高呐地议论着。

阿鳅眨了眨三角眼，说：“你有两个选择，要么把这口痰液给我舔干净，要么拿出1000元现金！”刘大姐面红耳赤，难以接受：“这，这……再说了，我也没带那么多钱。”

这当儿，站牌旁的一位戴眼镜的瘦嶙嶙的姑娘出场，对刘大姐说：“这位大姐，你走吧，此事由我办！”刘大姐连声道谢，趁势抽出身，登上一辆刚停靠的公共汽车。

阿鳅把攻势对准姑娘："你说，怎么办？"姑娘说："那口痰液不是我吐的，吐痰液的人已经走了，你找错人了。"阿鳅问："那你为什么要放她走？!"

姑娘提起瘦嶙嶙的手，推推眼镜架："你欺人太甚！"

阿鳅怒不可遏，搁下自行车，举起拳头挥将过去："好啊，你要打抱不平，我要你尝尝拳头的滋味。"姑娘一闪身，随即从腰际抽出一把黑乎乎像手枪一样的东西对准他："不许动！"

阿鳅露出惊恐的神色，双拳松开了，身子颤抖起来。

姑娘随即哈哈大笑："你再不老实，看我不……"

阿鳅仓皇跨上车，嘀咕道："我、我真是倒霉透了。"围观者大笑。

"别走，你的车是我的！"一位中年男子撩开旁人猛地抓住自行车的后架，高声喊道。

阿鳅显然心虚了，丢车欲逃。"哎呀，原来他是个窃车贼啊！"众人发出惊叹。

窃车贼只跑了几步，就被一位便衣警察横扫一腿，扑倒在地。与此同时，一位胖体形大婶死摁住阿鳅的脖子，怒斥："你这个该死的'三角眼'，色狼，这下看你往哪里跑！"

原来这个长着一双三角眼的阿鳅，昨夜潜入胖大婶的寓所，强暴了她的小闺女，又偷了小区门卫的自行车，逃之夭夭。胖大婶一直候在道口上，功夫不负有心人，色狼撞到她眼皮底下了。

姑娘朝围观人群一笑，扣动枪栓，从黑管里射出一道水注。她收起玩具水枪，说："这是我刚买的道具。我们单位要演个小品，我演一个女警察。节目还未排演，我就把它派上用场了。原先我只是想吓唬、吓唬这个'三角眼'，谁知他还真是个歹徒。"

便衣警察走过来，向姑娘敬礼："谢谢你的配合！顺便问一声，刚才那位吐痰液的女子是你姐？"姑娘说："不、不，我不认识她。她的那口痰液吐得真准啊。"

失车的中年男子向姑娘作揖："谢谢你呵，你演的警察真像，要不是你见义勇为，拦住了这个坏蛋，我这辆车可就是泼出去的水喽。”紧接着，胖大婶抱着姑娘，啜泣着连声道谢。

姑娘把道具往腰间一别，说：“不必谢我，要谢，还得谢那位大姐，她可是法眼，瞄得真准。不过，话又说回来，随便吐痰是不文明的……”

隐私的售价

烯君的具体职业略去。他是个业余摄影师，收藏他人的隐私是他的另一嗜好。

一天，烯君在寓所三楼依在窗沿上作窥视状。突然，他的眼睛一亮：衣着大方的彼男，出现在老街对面艾女的小屋里。紧接着的情景使烯君眼热心烫——艾女和彼男忘情拥抱、接吻。当这对痴情男女再次重复亲昵动作时，烯君的照相机镜头——他加上自制的摄远镜头，对准了那个窗口，摄下了这个难得的“罗曼蒂克”场景。

不久，艾女的信箱里便出现了一张她和彼男亲昵的合影照片，并附有一封询问短信：“愿出什么价？请小姐掂掂吧。”

艾女及时地、极有礼貌地回函，信很简单：“请耐心等待。”

一星期后，艾女和彼男相拥的合影被刊登在晚报的生活副刊版上，照片硕大，人像清晰，题目为：分居的眷爱。

烯君这才了解到，艾女和彼男是新婚夫妻，由于住房尚未解决，暂时分居两处。他甚感意外，也为自己捣鼓小恶作剧而后悔不已。

到月底的时候，烯君收到晚报汇寄来那幅摄影作品的稿酬：15 元人民币。同时，他还收到一张法院的传票，艾女和彼男以隐私权受侵害为由，向他索赔精神损失费 15000 元。

银调羹

笑，脆玲玲的笑，是从西街春风酒店传出的。打从这家酒店把左邻的小店铺“吃”进，又连体装修一新以来，这种笑就没有断过。

店里的商品琳琅满目。各式瓶装名酒，齐崭崭摆满立柜。零卖散装酒是这家酒店的特色，价钱相对便宜一些，而且都是当地“老字号”产的。散装的白酒、黄酒、五加皮，盛在立柜下三个敞口小缸里。生意红火，买瓶装酒的，整箱、整盒、成双地买；来零拷的顾客就更多了，三个小缸里的酒就从来没见过底——浅了再加，连续不断，酒香四溢。

像是和这些美酒争芳斗艳似的，营业员阿萍、阿帼、阿珍姑娘打扮得一个比一个花哨。柜组长阿俪是位长相端丽的少妇，素妆淡抹，自有一种风韵。上班时，她不佩戴首饰，可总是随身带一只小巧而精美的银调羹，以便忙时在店堂里用餐。

笑声玲玲。顾客盈门。姐妹们忙得痛快，收入自然一月比一月丰厚。

这几天，店里的生意依然不错，却见柜组长阿俪有点愁绪。而且，她瞅人的目光也有些近似狐疑的诡异。

一天，阿萍上班，仪态使人耳目一新。原来她的纤纤素手上，添了一枚漂亮的银色戒指。是白金的，还是银质的，谁也不好意思多问。

又一天，阿帼似乎有点步阿萍后尘之嫌，耳朵上添了一对小巧的银色耳环。这使得这位卖酒姑娘增加了一种华贵气质。

接下去，阿珍戴上了一串银色项链，风度盖过了阿萍和阿帼。而阿俪脸上的忧色却更浓了。

后来，大伙儿终于知道柜组长的烦恼：她的银调羹遗失好多天了，而且她确认是在店堂里失落的。店堂里的角角落落都找过了，全没有它的踪影。

这个消息一经透露，店堂里的笑陡然减少。阿萍的银色戒指不戴了，阿幗的银色耳饰卸掉了，阿珍的银色项链也拿掉了。

阿俪发觉后，很不是滋味。那天打烊后，她不好意思地说："姐妹们，这是怎么啦？我又没有说是你们……"

阿萍、阿幗、阿珍闻言，都不吭声。没有发生口角，但店里的和谐气氛骤减。不知怎么搞的，连生意也少做了。月底一结算，每人的营业奖金比上月少去四成。

一天，店里搞卫生。上头要求得搞它一个彻底，不留死角。于是乎，角角落落洗的洗、刷的刷，只要是手捞得到的地方，都拭擦了一遍。那几个盛散装酒的小缸，由于用的时间过长，柜组长决定弃掉酒脚，把它们从里到外清洗一遍。

倾倒了黄酒缸，又倾倒了白酒缸。阿珍捧着盛五加皮的小缸，去水池倒酒脚，只听得"当啷"一声，随着一摊琥珀色的酒液倾出，滚出一只调羹——银调羹。

原来，阿俪的银调羹在无意中掉在五加皮的小酒缸里，而五加皮的酒色深，即便是浅浅的酒脚，也能遮住那一弯银色。

阿俪接过银调羹，眼眸里闪烁出喜色。她轻轻舒了一口气，随后陷入沉思。

翌日，姐妹们又一一佩戴首饰来上班了。阿俪仍随身带着那只小巧而精美的银调羹，另外，她那白皙的左腕上，戴了一只崭新的银手镯。

在西街春风酒店，脆玲玲的、无猜的笑和兴隆的生意，又恢复了。这是再自然不过的。

原 型

W 市的副市长老古，很有点儿养生之道，所以看上去他的相貌要比实际年龄年轻得多。他每天坚持早起，去公园打它一个套路。平时也蛮注意个人卫生。茶具是专用的——无论在办公室，还是外出巡察，或作个什么演讲，他总是自带一个保温杯。

这天，古副市长在机关会议厅为数百位听者作题为《挺身而出和铤而走险》的报告时，自然也是用自备的保温杯喝茶的。

铺有天蓝色台布的方桌上，置着麦克风和一束鲜花，之间摆着他的保温杯。这只保温杯是哪个厂家的产品，无从考查，只清楚它的不锈钢外壳镂画着一只栩栩如生的波斯猫。

古副市长说话中气很足，声音洪亮："同志们，现在的社会风气有点儿问题——我是指有些坏蛋胡作非为相当的猖獗，什么偷啊、抢啊、强奸啊、杀人啊，什么事都干得出来。而我们的同志，尤其是某些私心很重的干部，在歹徒面前袖手旁观，这是很不应该的。"说到这里，古副市长很慨然地拿起保温杯，靠拢嘴边，呷了一口茶。

他接着说："我想，坏蛋之所以敢于在光天化日之下捣乱社会秩序，恐怕和我们好人的素质也有一些关系。试想，如果我们的同志，尤其是干部同志，能够在坏蛋造成恶果之前，敢于挺身而出，那么，坏蛋就不敢铤而走险。那把刀、匕首过来了，大不了流点血嘛；为了真理、为了弘扬正气，就是丢了性命也是值得的。你不怕死，坏蛋就不敢逞凶了。"说到这里，他的脸色柔和了些，似乎为自己把这件事说出个哲理来而多少有点儿自喜。

会议厅异常安静。

"是不是这个理，请大家往心里掂一掂。"古副市长的右手又下意识去摸保温杯。他把保温杯靠近嘴边，刚要喝茶，猛听得一声巨响：“嘭！……”

巨响就发生在麦克风近处。通过扩音，会议厅里空气的震动，不啻是一枚炸弹的爆炸声。

古副市长当场瘫软于地，全身战栗。这当儿，他尚能动弹，下意识地把身子移进铺有天蓝色台布的方桌下面。

负责添开水的服务员小姐疾步走来，用抹布擦去尚在桌面上淌动的茶水，捡起掉在地上的杯壳儿。原来，古副市长的保温杯离保质期有点儿近了，加上使用频繁，内体瓶胆在这一刻遽然破裂。巨响就是这个“事故”的尾声。

古副市长被人从桌子底下扶起来。他的嘴角还粘着亮晶晶的玻璃碎片，所幸没划破脸皮。爆炸声消遁了。全场听者从愕然中醒悟过来。继而，掌声四起。这个时段，古副市长自然十分狼狈，十分尴尬。

数月后，机关里的几位青年文艺积极分子，携着水果、捧着鲜花，去医院看望因病住院的古副市长，向他表达真挚而诚恳的慰问和谢意。

古副市长大病初愈，精神还算好，他满脸困惑地问：“在这里见到你们，我很高兴。但谢从何来？我可没帮上你们什么忙啊。”

经了解，他才知道——前阵子，小青年们搞了一个小品节目，参加市机关职工文艺比赛，荣获一等奖；小品中那位主角的原型就是曾经在那次报告会上出过洋相的他。

古副市长知情后，羞愧地说：“看来，懂得道理似乎并不难，难的是说的一套和做的一套要一致。你们在节目中对我的‘解剖’很客观，也很厉害。当官的也是人，不一定比老百姓要来得高明。你们的节目不拘一格选原型，富有当代意识，值得文艺工作者们借鉴。”

小青年们一个个乐开了怀，但他们的神情是宽容的、真诚的。

不久，古副市长在去山区考察民情的途中遭遇了一伙车匪路霸。他为了保护妇女和儿童的生命安全，与歹徒英勇搏斗，身负重伤，受到群众的好评。传一时佳话也。

局长遭遇危险游戏

某局的春节联欢晚会，节目五花八门，什么“过地雷阵”啦、“吹气球”啦、“描脸谱”啦、“杯接乒乓球”啦，等等，很是精彩，把与会者的胃口吊足。尤其是“拼凑词组”节目，更是博得现场笑声不断，把晚会的气氛推向了高潮。

这个节目说来也很简单，由四个方阵的员工联合参与。甲方阵的代表写人物名字；乙方阵的代表写地址名称；丙方阵的代表写发生时间；丁方阵的代表写事情的简略内容。把写有词组的硬纸片按方阵打乱，请出一人来，分别依次抽取，再由主持人凑成一组的内容，向大家宣读。

主持人小松是局资料室的干事，能言善语，出尽了风头。

第一次抽出的内容是：刘紧平在战国时期一茅厕打电话。小松的话音刚落，场上哄笑不已。刘紧平系副局长，单位的三把手。

第二次抽出的内容是：康达怀在一个深夜，赶赴云巢山脚和一性感女郎幽会。大家又一阵哄笑，不少员工的身姿都笑歪了。康达怀是单位的二把手，常务副局长。

主持人小松笑得直喊肚子疼。少顷，抽出第三组，内容是：嵇有峰在2050年春天的一个早晨，在宇宙大舞厅跳迪斯科。全场再一次笑浪迭起。嵇有峰是单位四把手，局办主任，平时不苟言笑，整个儿是个舞盲。

第四次抽出的纸片内容有点儿棘手。小松一反幽默洒脱的举止，变得吞吞吐吐。大家就起哄，一把手齐智圣局长笑着催促：“小松同志，说呀，今晚本来就是娱乐娱乐、放松放松，什么都好说，百无禁忌。”

小松鼓鼓勇气，说：“齐智圣在三年前一女同事家，接受一笔高达80万元的贿赂款。”他宣读后，随即解释：“这不是我说的，是纸片上写着的，我不过是照本宣科，还请齐局长见谅。”

这下，全场哑然，气氛陡变，没有了笑声，只有少许的几声咳嗽。齐智圣局长先是一愣，嘴角微颤，随即恢复常态，笑吟吟地说：“大家别有所顾忌，这是娱乐，身正不怕影子歪嘛。接下来，该跳舞了，请大家尽兴跳舞吧！”欢快的音乐响起，齐局长搂着局里的交际花曼娜小姐翩翩起舞。谁知，一个星期后，警车开进单位大院门，市反贪局的人把齐局长带走了。不久，有消息传来，齐局长在三年前接受某公司80万元贿赂，现在东窗事发了，被立案侦查。

于是，局里的人就纷纷猜测谁是举报人。没有不透风的墙。原来，举报人正是“娱乐现场”的主持人小松。不过，他的举报方式很独特，只是把那几张写着“齐智圣在三年前一女同事家，接受一笔高达80万元的贿赂款”的词组硬纸片投进了市反贪局的举报箱里。所以，从这个意义上说，小松是举报执行者，而真正的举报人，是该局的全体员工。

泥 土

梁诚君所在单位的传达室，不知从何时起，变成了“礼品”陈列室。逢年过节，或土特产新货上市时，此室就不断置放着各类东西。丝绸织品、皮革用具、电动玩意儿、T恤领带，应有尽有。可食的东西就更多了，笋干、核桃、火腿，五花八门，且每过一段时间就翻新一次。这些礼品当然是送给有职权的人，老总啦、副老总啦、要害科室的主任啦，绝不会拉下。送礼部门或个人会开出受礼者名字的清单，事前交于单位分管“礼尚往来”的人士，东西嘛，先在传达室过渡，待中转，所以不必担心东西和人头会搞错。

梁诚君是普通员工，自然是没有什么人会送礼品给他。他因为和几位门卫关系处得不错，有空时就到传达室小坐聊天，也就有了这种眼福。他瞟瞟那些能提升家庭地位的礼品，眼神总是很复杂；有时也会弓身去看个究竟，以增加自身的眼界与学养。可是，每当门卫谈及品种繁多的礼品，谈及这些东西老百姓免费是拿不到的，他每每付诸一笑，也不作什么评论。

三月阳春，单位里争取到一项绿化拨款，于是很像样地在前厅那片偌大的空地上种起了花、草、树，还添置了一些大卧石。搞绿化，少不了用到泥土。为此，那些承包这项工程的园林公司还专门叫人运来几大卡车山黄泥。事情弄停当后，泥土有多余，这些多出来的泥土就暂时堆在东院墙的角落里。

单位的空间顿然添了景致和情韵。梁诚君在公余散步时，脸上的笑意也就增加了不少。他很高兴能供职于环境如此优美的单位。他平日里就喜欢侍伺弄花卉。当然了，由于经济实力不够，他在家里只能种点与他身份相匹配的花卉，总之是比较平贱的那种：太阳花、鸡冠花、南天竹、凤仙花，等等。前不久，他破费在东窗和南窗增装了几副花架，准备扩大置花的范围，添些新品种。这不难，上花鸟市场择选就是了；花盆嘛，家里剩下的还有不少，塑料的、瓷器的，还有脸盆改制的。就是泥土不大弄得到。看到墙脚那堆山黄泥，他心里一乐：行了，弄点泥土回去算不上什么事吧！

他先后在那个墙角搞了三次泥土，分三只马夹袋装。为了方便起见，他把泥土置放在传达室，下班时就将装满泥土的马夹袋放进车篮，分三次运回家。

同科室的小马在大门口与他相遇，问："老梁呀，车篮里是谁送的礼品啊？"

梁诚君就笑着回答："好东西噢，一般人我不告诉他。"

小马挠挠头，一时说不出话。心里在想：老梁快奔半百的人啰，上面还会提拔他？一般送礼的人是不会瞄准无官职的人的，弄得不好，太阳还真会从西边出噢。

后来，小马知悉，那个马夹袋里不过是些泥巴，不免哑然失笑："老梁，你也真是的，怕别人寒碜自己收不到礼，弄点泥巴回去做做样子。嫂夫人见了，肯定会表扬你几句：咱家的老梁有长进啦，也有人送礼啰。哈哈！"

梁诚君闻之，淡笑："咱们的马秀才，想象力还真丰富，有意思。不过，我说呀，你别小看这些泥巴噢，百树成林，泥土是根本呀！"

小马笑得直喊肚子疼："有趣、有趣！奇谈怪论。根本？钱是根本，具体地说，当官才是根本！你也太迂腐了，或者是太天真了。"

梁诚君的神情便冷峻起来："差矣，小伙子，你还嫩呀，经点风雨你就会悟出点道道来。"

一年以后，这个单位发生一起贪污受贿窝案，恰似一次小地震：涉及多人，被捕的被捕，撤职的撤职，除名的除名。换了一套领导班子后，在传达室中转的礼品明显少了。

梁诚君依然当他的普通员工。他的工作热情比以往高得多，心情也比以往好得多，人也变得年轻些了。他家窗台上那些普通的花，开得正旺。上班前和下班后，他总会站在窗台旁忙碌一阵子，给那些花卉松松土、浇浇水，再凝视片刻，脸上的表情相当生动。有时候，他会情不自禁地叹道："多美的花呀！"

第三辑

前庭后院

事业线

阿康是某公司的小科员，数年来，一直职务平平。他时常感慨自己手掌上的“事业线”太浅，又不连贯——不细看看不出来。

一日，他和几位朋友在家侃大山，又侃到“事业线”上去了。什么看手相要男左女右啦，什么文学家贾平凹左手掌上的“事业线”粗且长、直冲中指啦，什么“事业线”过短、过浅多半成不了大事业啦，不一而足。

酣畅间，房门外有叩击声。

开门，是一个中年男乞丐。他带着乞求的眼神，请求户主施舍。

户主僵立着，欲逐不能。乞丐伸出两只手：“大兄弟，发发善心，讨点……”

阿康的眼皮一颤，注视着乞丐的左手——这只龌龊的手掌上，那条纵向纹路极粗极长，有连贯中指之势。阿康大惊。惊讶之隙又暗自欣慰：什么“事业线”不“事业线”的，这老兄有那么好的“事业线”也只能当乞丐，这玩意看来没个准头，别信。这样思考的时候，他的心里顿生温情。他非常爽气地摸出一张“大团结”递给乞讨者。

乞丐千谢万谢地走了。

一朋友目睹此情景，笑道：“乞讨恐怕也是一项事业。都像阿康这般慈善慷慨，乞丐的事业定然会兴旺发达。也许我们的经济实力还远远赶不上他哩!”

阿康悟叹：“说得不无道理。”神色极沮丧。

错位事件

在碧波荡漾的多爱湖畔，有一座古堡式的建筑，那是C县化工厂的水泵房。左半圆是机房，右半圆则作生活用房。

水泵工刘军和张庆是两个年龄相仿的单身小伙子，上班和睡觉都在这座古堡里。刘军长得魁梧，而张庆长得英俊，两人极合得来，从未有过什么龃龉或冲突。后来，刘军结婚了。再后来，刘军的新婚妻子阿秀来厂探亲了。说来很有点不好意思，刘军所在的厂生活福利尚差了点，还没有搞起招待所，由于凑巧厂里正忙于把旧生活区改建成新生活区，所以就无法再找到空房。好在两位是好朋友，一切好商量。魁梧的刘军没有难为英俊的张庆，未让好友临时“打游击”去陌生处投宿。古堡右半圆的生活用房有道半墙，两人互换了床位——张庆睡外间，再用窗帘之类的条布在半墙口那么一挡，也就无妨大雅了。谁知，天一亮，刘军醒来，发现自己的床侧空荡荡的，妻子阿秀不见了。他走到外间一看，顿时怒火勃起。只见阿秀正和张庆睡在一张床上，此刻两人还睡得正香哩。

刘军顺手操起扫帚，掀被，狠狠地抽打他的妻子：“贱货!”

阿秀惊醒，作懵懂状；后悟觉，再三解释这是误会，她说，她很可能半夜有什么事起床过，落床时弄错了地盘。但越解释越糊涂，连她自己也有点不相信自己了。

张庆则显得万分焦灼：“我、我……不知道。我以我的人格担保，这一切和我无关……”刘军“哼”的一声，扔掉扫帚。事后，他和阿秀离了婚，并且和张庆的多年友谊也一刀两断。不过，刘军还算“人道”，没有把这“错位事件”张扬出去。

刘军离婚后，就搬出古堡，改了别的行当。从此再也不搭理张庆。后来，经亲戚的介绍，刘军和两百公里外的C县荷花丝织厂的挡台工阿莲恋上了，并在当年结了婚。

三年后的初夏，刘军利用探亲假，去C县荷花丝织厂探望妻子阿莲。

阿莲厂里的职工住房也挺紧张的。阿莲和另两名女工同居一室。其中一位正值病休在家；另一女工名阿婵，一时难找投宿处，只好将就着住在一起。房间用门板和衣柜拦腰置设，也便分成了两个天地。刘军和阿莲当然占领了里室的那个天地。

翌日，刘军醒了，发现灾难已经莅临。他的妻子阿莲正披头散发地大哭大闹。刘军赤条条地睡在阿婵姑娘的床上，而阿婵姑娘浑然不觉，睡得极沉，直到阿莲把一盆冷水泼到她的床上，她才从梦乡里走出来。阿婵姑娘知状，又气又羞，哭得死去活来。

当然，很快地，刘军被严肃地唤到厂长办公室。

天啊，那位满脸怒气又十分秀气的女厂长正是刘军的前妻阿秀。无话。良久，阿秀才对沮丧的刘军说："你，你可以走了。"

阿莲哭闹着，坚决要和刘军离婚。

阿秀厂长却好言劝说："阿莲，你要冷静一点。我想刘军不会是有意的，他很可能夜半有什么事起床，摸错了床位……要说有责任的话，首先是我这个当厂长的，我未能很快地解决好职工的住房困难……我会努力工作的，把经济搞上去，尽快把厂招待所建起来，我们不能让这种丢面子又丢心的错位悲剧再重演，相信我，阿莲……"阿秀说完这些，眼眶湿漉漉的。

在阿秀厂长的再三劝导下，阿莲终于原谅了刘军。这样，刘军终于避免了二次离婚的危机。

老 屋

这个普通的江南大杂院地处偏僻，全属私房。北隅那间不足20平方米的老屋，墙皮斑驳，屋脊上的老瓦碎成一片，窗狭窄，且玻璃不全。这间老屋的主人叫派克，一个忧郁而瘦削的男子。别以为他年逾四十，其实他离30岁还差3个月。

派克是在这个大杂院里长大的。他多次向邻居们袒露自己的抱负：改建老屋，把左邻右舍的老屋也一并改建。有阳光、有阳台、有卫生设施的楼房，才是现代人的居处。但这要很多钱。邻居们熟悉他，每每带着同情的眼光打量着这个至今没有正式职业、也从未得到过姑娘亲昵的单身汉，全不把他的话当回事。

日子就这样一天天平淡无奇地逝去。

夏季里，派克已有好多天没露面了。

这晚，他家的灯又亮了。照例来了一批客人，照例是主人讲客人听。

屋檐特低。蛛网。潮气。灰。破窗两翼，一律挂着有关海的画框。木桌上摆满珊瑚饰物，其间是一只硕大的海螺烟灰缸。悬在旧沙发旁的空壁上的那轴挂历，缺角断页，依稀露出海浪和帆影。

“你们不知道吧？我这次去海滨旅游了。”派克淡淡地说。他的眼睛大大的，脸色似乎营养不良，似乎睡眠不足，似乎疲劳过度，总之，很苍白，很憔悴。加上那种梦幻般神采的游移，使他的脸庞格外生动。

“噢？”客人们来了兴趣，要求主人谈谈旅途见闻。

“莫急，我当然要向各位披露一二。”他从口袋里摸出一支揉皱的香烟点燃，烟雾缭绕。

客人都是左邻右舍。有卖臭豆腐的腊妈，烟贩刘二，皮匠陈四，厨师江细毛，还有白铁师傅谭老三。

“这次旅行，神奇极了。你们一定没有见过这样迷人的女人。”他喝了一口白开水，把桌旁的那碟业已风干的面包片推开去，“我在沙滩上小憩时，遇见她的。三点式泳衣。很性感。我无法形容她的美貌。很有点像大影星英格·褒曼。最迷人的是她的那双修长而白皙的腿。我想，恐怕只有优秀的芭蕾舞演员或者妙龄人体模特儿才会有这么漂亮的腿。可是，她不是那种身份。噢，我差点忘了，她是美国人，正宗白人血统，来中国旅游的。中国话讲得好极了。她的父亲是纽约的大珠宝商，百万富翁。她的名字叫珍妮。”

“哟哟，珍妮……”听者发出一连串惊讶的啧啧声。

他吐出一口烟：“那天，她游到防鲨网外，差点儿被大鲨鱼吞了，是我救了她。于是，我们之间就发生了爱情。”

“派克，你别诓我们。”皮匠阿四说。

派克的眼睛闪光：“我啥时骗过你们？别打岔。珍妮每天要换一种项链，且都是价值连城的珍品，真雍容华贵的可以。我们就这样不分种族、不分国籍、不分贫富地相爱了。白天一块儿游泳，晒日光浴；晚上在沙滩上欣赏海的夜色。嘀嘀，那温柔的月光泻在海上，海水在沙滩上倾淌，喋喋有声……”

刘二、阿四、江细毛直盯着派克，嘴角似有口水流出。

“接吻了吧？”坐在墙壁角的谭老三非常唐突地问。

“那还用说。当然是珍妮主动喽。她说她在美国待烦了，那些男人使她生厌。她非常喜欢美丽的中国，愿意长住中国，更愿意嫁给像我这样有血性的汉子。我们谈海，谈月色，谈爱，还谈到婚姻。呵……”

不时有人拍蚊子的声响。

派克接着说：“阿四叔、刘二兄、细毛弟、老三弟，你们处在我这样的境地，会做何抉择？我当即答应娶她。我告诉她，我的婚姻我能做主，因为在老家，我只是一个人。”

“是的，你是一个人，这不假。”腊妈搭腔。

他又点燃一支烟：“当她知道我和我的邻居就住在这样简陋的老屋里，很惊诧。她愿意出资为我们改建。”

凳子移动的声音。

“你们说，我们这个大杂院，造它个三层楼房，200 万元总够了吧？”他的目光向四周扫射一下。

腊妈手拍膝盖："派克，你、你不说假话吧？"

"莫急，莫急。"派克微闭眼睑，又倏然睁开，"遇到这样美丽而又慷慨的小姐，真是我的幸运。可惜，次日一早，她来找我，递给我一份电报。她的父亲病重，她得马上赶回去。她说，她回国后会打电报给我的，还把她带来的各式项链都赠送给了我。"

听者发出嘘声，时有老鼠穿梁而过。

"我一生最大的愿望就是改建老屋。我把珍妮小姐的项链全带来了——两条是蓝宝石坠子的，三条是红宝石坠子的，五条是24K足金的，两条是珍珠的，共十二条。我想，把它们变卖了，改建老屋的钱款也就够了。"

听者愕然，全体站立，喊："拿出来看看！"

派克的目光投到木茶几上那崭新的、没有丝毫擦痕的旅行皮箱。谭老三想动手。

派克上前阻挡："我来吧，开箱有、有诀窍。"只见他的手在箱把上那么一撸，箱盖弹开。

他在箱里翻了一阵，拿出了一只长统丝袜、两本翻破了的什么书以及四只可口可乐空罐。手迟疑了一下，从箱底掏出一张色彩绚丽的碎纸。

展开一看，碎纸上面果真有一串串晶亮灿烂的项链的画面——稀金首饰工艺公司的广告画残页。

江细毛眼灵手捷，把这张碎画片放到空壁上已残损的破挂历旁一比试，撕齿相吻。

又一阵老鼠窜梁的声响……

邻居

荷城机械厂的青年钳工赵明湖，是位很有才气、艺术见解独特的业余画家。这些年来，他把业余时间全都贡献给色块的研究——用一块一块的色彩组成画面。

他是个失败者！他的色块画进不了市美协举办的画展，似乎没有人欣赏他的作品。有幸见识过他作品的人，由于读不懂，也就失去了恭维的热情。他呢，倒自甘寂寞，管它春夏秋冬，照自闭门作画和研究。

自从他搬进南园新村，分到一个底楼的小套间以后，他的研究便受到了严重干扰。楼上那户邻居时常制造出一种与音乐截然不同的声响，吞噬了他的宁静。

一天，正当他处于最佳竞技状态时，楼上“爆炸”了。唇枪舌剑。女的真不愧为“河东狮吼”，男的也不亚于“猛虎出山”。

赵明湖愤然上楼去，准备提出抗议。只见小夫妻扭成一团，地上碎物狼藉。“一个不懂和谐的家庭。”他对楼上的邻居得出这个初步印象后，又发现这个小客厅的壁面被涂成黄色，没有掩门的卧室的墙壁涂的也是黄色。

他笑了。黄色，这该死的黄色！在这位色块大师看来，黄色是跳动的颜色，好斗、好动、好热闹的颜色。难怪呵，他在心里叹了一口气。这样好端端的墙壁涂上这种颜色，足可见这家邻居是“色盲”。

又一天，当他再次被干扰，再次上楼时，他萌生出一个温情的意念。

他用最佳态度、最佳语言说服这对好斗夫妻，把室内的黄色改为别的颜色。

“吵架不可取，和为贵，和为贵啊……”他这样和颜悦色地劝说。

男主人怅怅地望着楼下的客人。

女主人怅怅地望着楼下的客人。

赵明湖很快说服了男主人，同时也说服了女主人。当然，他自荐做壁彩匠，并且还暗示可以免费，这也起到一定的作用。

为了楼上的噪声早点结束，更为了自己能够专心致力于色块的研究，他决定豁出点时间和经济代价。

当天下午，他提着两桶涂料，上楼去了。很快，那家墙壁换上了新的色块。高一层是淡绿色，下一层是淡紫色。绿色，能有益于消化，促进身体平衡，并能起到镇静作用；紫色，对运动神经、淋巴系统和心脏系统有压抑作用，可维持体内钾的平衡，使人安静，促进爱情和关心他人的感觉。

赵明湖很满意地下楼了。男主人在门口送他，对于楼下邻居这种独特的关切和美意，有点儿担受不起，以至笑的时候，脸上的肌肉也略略跳动。

赵明湖依然潜心地研究他的色块。

一块湛蓝的画面的右上角，有一个银白色的圆，他题为《夜》；由赤橙黄绿青蓝紫七色无规则条块组成的扁长画面，他题为《思想》；一片窄长的白色，缀有凌乱的鞋状黑影，题为《焦灼》。

楼上的响声小得多了。当他外出作一次短途风景写生归来，楼上竟好几天没有声响发出。

这真是他的福分。他的研究成功了。楼上这对夫妻的和谐，这个和平局面，意味着他的色块试验的胜利。他真是欢喜得不得了。

这一天，他兴致特好。他要上楼造访一下已多天不见的邻居。

叩门，门开了。门缝露出男主人的脸。那是一张怎么样的脸呵，忧郁，憔悴，全没有昔日的雄姿。

墙壁上那淡绿的色块、淡紫的色块，依然如故。只是屋内显得宽敞了一点。

男主人为他沏茶："这几天，你外出了？"

赵明湖颔首："嗯。对了，你、你妻子呢？上班去了？"

男主人叹了一口气："别提了，她走了……"

"走了？怎么回事？"他的心一咯噔。

男主人苦笑："离了，我和她离婚了……"

赵明湖哆嗦着摸出香烟，竟老半天也没有点燃……

门　趣

H 君的家里有两人戴项链。一位是风姿绰约的夫人；另一位是十二岁的儿子——不过不是正宗的项链，是用塑料细绳制成的钥匙串，挂在脖子上。H 君时常丢三落四，曾多次遗失钥匙，也想学儿子样弄个“项链”戴戴，但总有点儿难为情而终未遂愿，好在夫人和孩子回家的时间总是先于他，所以他便索性不携带钥匙；至于上班，他的办公室里无啥贵重的东西，干脆不上锁，而上班时间，他每每居中——既非第一位到办公室，也非最后一位到办公室，可以想见，无须带办公室门的钥匙。

H 君时常读报，时常听同事聊谈社会新闻，深感门的不安全系数有增无减。于是，他告诫家人：要注意门户，不要贸然开门——有人敲门，须先问清楚门外是谁，方可考虑开门；一般情况下，坚决不能给陌生人开门，如歹徒闯了进来，岂非引狼入室？后果不堪设想，切记！切记！

这天，H 君因和办公室的几位同事争辩一个问题，开始带有调侃性质，后来双方都认真了，唇枪舌剑，音量扩大，少顷，喉咙就哑了。回家先敲门，因他从不带钥匙。坐在小客厅织绒衣的夫人问敲门的人是谁。H 君说是我——你的夫君。但不见夫人有开门之举。

“是我呀！你这是……”他把门叩得响响的。

“走开走开，就是不开。”夫人按兵不动。

H 君急了，唤起夫人的小名：“小梅子哟，我是阿三呀！”阿三是 H 君的小名。

夫人唤儿子爬上气窗一看，才认定门外的是真爸爸，不是假冒爸爸。

H 君苦笑，连解释的力气都没有了：“唉……”

于是就改变方法：敲五下门，是 H 君，且须不出声。当然这是个高级秘密，只限于他夫人和儿子知道。可是，这个办法也只执行了没几天。因为那天，H 君在工作时计算数字，遇到的“4”和“5”特多，把敲门的规矩误记为“4”，于是就久敲不开，他敲得越响里面就越害怕，加上那个规矩是敲门时不能出声，所以他无法再说话，以免引起新的误解。而家人只认“数字对得牢又不出声”的敲门人才是 H 君，致使僵局持续了良久。直到隔壁邻居拉开嗓子喊：“你家夫君回来了，还不开门?”危机才得以解除。

“这样下去，烦死人了。”夫人说。

“那就装一扇防盗门吧。”H 君说。

于是卖掉家中阁楼上的一大堆旧货，再贴进 150 元，总算装上了一扇坚固的防盗铁门。这样无论谁来敲门，里面都可把木门启开，从铁栅看去，来者面相清清楚楚。如遇可疑者，也不必恐慌，因铁门坚固极了，不必担心别人破门而入。

装上防盗门后，情况一切正常。

一日，全家去太湖旅游，是 H 君单位出资，或许是游玩尽兴之故，夫人丢了钥匙，儿子挂在脖子上的“项链”也丢了。这是回到家门口才知道的。

无法，求助邻居，那位在机床厂当钳工的小青年当即应诺，以极迅捷的动作翻过后院墙，又爬上后门，用起子旋掉气窗上 5 根铁栅两头的 10 枚螺丝钉，像猴子一样爬了进去。大门和防盗门从屋里被启开了。

全家人舒了一口气，用两瓶易拉罐和两包“牡丹”相谢。只是家里的一把把锁得重新配上钥匙，这个“工程”够艰巨的。

夜寝时，H 君惊喜得喊出声来，原来夫人和儿子的钥匙都未丢。全在由他保管的马桶包的隔层里。此举当初就是为了防止丢失，真是玩昏了头、吓昏了头。

惊喜过后，忧上心头。

夫人耳语：“这防盗门也未必安全，那小青年从翻墙进房到打开门只需 10 分钟，多麻利啊……”

“唉……”H 君长叹了一声，无话。

葡萄藤

甄、贾两家是底楼的邻居。房门对邻，后院一墙之隔，此墙仅一人之高，所以两个院子里的风景，双方都能看得清楚。

甄家后院的面积是贾家后院面积的一倍。有一年，甄家的后院种了一棵葡萄树，还搭起一个棚，紧靠贾家的后院。有了果实，甄家就摘了一些给贾家，共享秋果之美味。这使两家的关系添了些许温馨。可是葡萄藤越长越壮实，藤蔓太张扬了，倔犟地往贾家的院子里扩张势力。

贾家因后院小，空间不宽畅，晒东西、晾衣服本已感局促，那些越墙而过的藤蔓便有点儿碍事了。

今年初夏以来，贾家主妇就时不时用刀剪去一些蔓端，以阻长势，谁知适得其反，长势更旺。

近日，贾家在筹备举家去黄山旅游之事。临行前一天，贾家主妇上后院晾晒衣服，见隔壁的葡萄蔓丝太多，有一大片绿森森地压过境，而甄家却全然不察，不由得心生烦躁。过分的烦躁使她悄悄地同时又是果断地用剪刀剪下了大片蔓叶，直至与隔墙齐。等心情平静下来，贾家主妇才发现被剪下的藤条太多，或许会危及葡萄的主体，不免有点后悔。

一星期后，贾家全家旅游结束，顺利返家。贾家主妇一走进后院，抬眼望去，即刻发现那棵茂密的葡萄藤已大多枯萎，自感有责任。几次想把自己的所为告诉甄家，欲言又止。而甄家也未曾提及葡萄藤枯萎之事，这反而使贾家主妇心里更难受。

一日，贾家主妇郑重邀请甄家主妇来家小坐，还鼓起勇气，披露了“剪刀的残忍”，对葡萄藤的枯萎一事愿意负责，并愿意赔偿。

甄家主妇听后，咯咯咯笑个不停，说：“藤枯与你无关，是我所为。

这葡萄结的果不多，市场上的葡萄又便宜又好吃。而藤又太遮荫，也影响你们晒衣服，所以弄掉它算了，以后弄些花卉来种种。”原来，甄家主妇在一星期前已将葡萄的主藤剪断。而这个断痕，在近根处，从贾家后院的角度望过去，是不易辨察的。

后来，葡萄藤全枯萎了，藤架也拆除了。再后来，甄家便在后院里种了许多花卉，一年四季都有沁人心脾的芬芳向贾家的院子弥散。一次，甄家的先生从外埠带回来两盆米兰，甄家主妇还特意叫孩子送给贾家一盆。

慈父寻女

翁老汉命运不济呀，40 岁上，妻子病重撒手西去。他又当爹又当娘的，把宝贝女儿阿萍抚养成人。他那里是个贫瘠的山区，生计靠种亩把薄地是难以维持的。他时不时上山采点野果到集镇上换钱，又养了些小牲口。总之，他是想着法子，让女儿阿萍有个好生活。

又苦又甜日子就这样一天天挨过去。小萍出落得很漂亮，一副好身材。美中不足的是，她高考分数低了点，又无钱上“议价”大学。她无心复读，也无心留在山村务农，就在去年春上去了南方的槟城打工。

阿萍出门三个月后，就开始给老爹汇钱。有时 300 元，有时 500 元，最多一次是 1500 元，几乎每个月不间断。翁老汉那个乐呀，甜呀，笑呀。每次收到汇款，他的眼眶总要湿润一次。他只是有点疑惑，女儿什么时候变得这么有能耐？阿萍曾来过一封信，说是她在某合资公司做营销，很来钱的，上司又很器重她，叫他放一百个心。可他就是放心不下。

两个春节阿萍都未回家。翁老汉决定去南方见见女儿的面。他太惦记女儿了。他炒了一小布袋的黄豆带上，这是女儿最爱吃的。按照阿萍最近汇款的地址，他千里迢迢来到槟城。

到了这个开放的城市，真使翁老汉眼花缭乱。立交桥、摩天大楼、流水般的车辆、变幻色彩的霓虹灯，和他的小山村有天壤之别。他在一家收费低廉的小客栈住了下来。按图索骥，他东寻西问地转，仍找不着北。多亏一位热心的警察，把他领到一家公司。

公司主管模样的男子说：“你找翁阿萍？是有这个姑娘，很靓的妹子。可是她已经在半年前离开公司了。”

翁老汉怯生生地问：“这位好先生，能告诉俺，翁阿萍去了哪儿？”

主管模样的男子露出不屑的神色："这哪能知道？像你女儿这样的打工妹，在本公司有三五百号人，哪能都知道？"

天色已晚，翁老汉沮丧地回到小客栈，准备明天再去别处碰碰运气。一到客栈，他傻呆了：衣袋里的钱包不见了。衣袋上还有一条被刀片划开的破口。"完了、完了！"他一屁股瘫在旧沙发上。衣袋里的1000多元钱都没了，连返程的盘缠都没着落了。没有办法，只有找到女儿，才能解决问题。小客栈是不赊账的，当店老板知悉他身上没有一个子儿后，当夜把他赶了出去。

灯火通明，霓灯闪烁。在这陌生的不夜城里，翁老汉真是欲哭无泪。他漫无目标地在傍水的一条步行街上踯躅。午餐吃了一碗咸菜面，早就饥肠辘辘。更难受的是口渴。他想去讨点水喝。水不值什么钱的，好心人不会缺乏。他走近一家小店，张口："老板，行行好，我的……"

店主以为他是个乞丐，随手掷给他一枚小硬币："走、走、走，别影响我的生意。"那枚小硬币就滚落到地上。

"俺，俺不是讨饭的，俺只是想……"翁老汉嗫嚅着，没去捡地上的小硬币。

店主不再理睬他，顾自去招呼买客。

翁老汉的眼眶湿润起来。他又移步到一家鲜花店门前。鲜花店女老板看见有一个老汉站在店门口，以为是顾客，就满脸笑容地迎上去："进来呀，看看，要买什么花，我这里可是什么花都有……"

翁老汉说："老板娘，俺口渴，想讨口水喝。"

"什么？讨水喝？"老板娘辨出他的身份后，把柜台上的一杯水倒在一盆花里，"水，水是给你喝的吗？没门，我的花正渴着呢！"

翁老汉感到没有希望了，掉转身就走。

他的眼睛开始糊模起来。又一家店，门面不大，装修得却很花哨，店招是"忘不了美容屋"。玻璃门是半开的。从门隙里可以望见屋里沙发上翘起的几条白嫩嫩的小姐的大腿。他不识几个字，不知道这是什么店。怀着侥幸的心理，他的手推开了玻璃门。他实在是太渴了。

一位妆化得很夸张的漂亮小姐正好和他照了个面。

"欢迎光临！您是要按摩，还是要全方位服务？"她习惯性地招揽生意，声音很甜。

“你，你是……俺……”翁老汉觉得眼前这位小姐的容貌似曾相见，甚至有点儿像自己的女儿。他实在吃不准，山妹子阿萍怎么会如此妖艳？

“你，你是……”艳装小姐的眼睛直愣愣的，露出十分惊讶又十分尴尬的神情。

这当儿，沙发上三个袒胸露背的年轻女子一跃而起，上前拼命去拉翁老汉。“来，我来为你服务！”“是我最早看见他的，这个客人归我！”“今天，我是白板，该轮到我了。”三位美容女郎毫不谦让地争夺翁老汉。艳装小姐尖喊道：“别抢了……他，他是我爹！”

翁老汉的双手颤抖着：“阿萍，真的是你？你怎么会在这儿？俺找你找得好苦啊。”他的泪水夺眶而出，手上的小布袋啪啦一声落在地上，袋里的炒黄豆索落落滚满一地。

这位艳装小姐真的是翁老汉的女儿翁阿萍。出门在外的日子，她有一肚子苦水要倾诉，有一肚子的泪水想流淌。此刻她却像个木头人似的，僵立在那里，眼里没有泪水，只是轻轻地叫了一声：“爹！”

翁老汉抱住女儿：“阿萍，俺们回家吧。”

翁阿萍没有言语。她望着满脸沧桑的老爹，良久，泪水像断了线的珍珠从脸颊上淌落下来。

温柔的梦启

家住绿苹果新村的阿睦、阿菊夫妇，结婚已有10年，儿子都上小学三年级了，可这对伉俪的婚姻似乎尚未磨合好。三天一大吵，小吵天天有。邻居们经常可以欣赏到他俩的吵架声和把小玩意儿掷地的声响。

阿睦在本城水厂技术科上班，外表上是个比较懦弱的男子，平时说话细声细气的，在单位里信奉“和为贵”，平时分发钱物短缺或被扣除了什么奖金，从不与上司论理，他似乎就没有理直气壮的时候。

阿菊就不同了，她在闹市区的一家大商场任会计，话语粗声粗气，做事风风火火，一副泼辣相。

家庭的争执都是缘于一些鸡毛蒜皮的小事。比如菜肴的择选、服装的添置、拜访何位亲友带什么礼品，以及孩子的教育问题，上不了顶级矛盾。分歧的解决往往都是阿睦举双手“投降”。接下来，他便瘫坐在沙发上闷头抽烟。“好了，好了，我不跟你争，好男不和女斗。”这是他在家里使用得最多的一句名言。

那是初夏里的一个清晨，阿睦醒来了，脸上带着怡然的微笑，非常愉悦的神情。与此同时，睡在一旁的阿菊也醒来了，看到夫君这种难得的神态，很奇怪，问：“这么好的心情，怎么回事？”

阿睦仍沉浸在一种遥想中，说：“我做了一个梦，梦见你待我百依百顺，十二分的温柔；同事们和邻居们都很羡慕我，夸我娶了个明事理又贤惠的好老婆。嘿嘿！”

陈菊闻言，嗬嗬嗬地笑个不停，还用手抚摸阿睦颏上的胡须：“是这样吗？我在你的梦境中真的是那种小鸟依人的小妇人吗？”

阿睦说：“是的，要是你在现实生活中也和梦境中的你一个样，那就是我八辈子的福气喽。”

阿菊只管笑，不再言语。

早餐是很丰盛的，稀饭、荷包蛋、蒜拌酱菜、盐水花生。都是阿菊亲手捣鼓的。

阿睦胃口大开。

陈菊看着夫君，问：“你知道我昨夜做了个什么梦?”

阿睦瞟了一眼妻子，说：“不知道，你说给我听听。”

陈菊的脸颊红了，说：“你变成了一个很威猛的男子，敢于与你的上司论理，敢于否定我的决定，说话很会辩，手腕很有力；全不像你平时那种唯唯诺诺、低声下气的窝囊相。”

阿睦听得一头雾水，怔怔地望着妻子。妻子笑眯眯地亲自为他添粥，餐罢，还撮起餐巾纸替他擦擦嘴角。这可是她以往所没有表现过的。她的表情有点诡秘，实在不好意思披露梦中的细节：一个夜晚，她独自走在一条深巷，有个陌生男子向她调情，被跟在身后的阿睦发现，阿睦一个拳头击过去，便把那个“小巷求爱者”打倒在地。

老百姓就是图个安安心心过日子。说来也怪，自从这对伉俪各自做了那个奇特的梦以后，两人的关系变得新鲜而亲密起来。家庭的温馨长驻不退，而争执吵闹的次数明显的减少了，两人也显得年轻多了。

现在，在阿睦的眼里，妻子真的变得温柔起来；而在阿菊的眼里，自己的夫君大有长进，男子汉的气息是越来越浓了。你说有趣不有趣?

不速之客

夕阳把窗玻璃染成玫瑰色。

盛二卿和妻子阿香的忙碌，终于告一段落。此刻，这对青年伉俪美滋滋地坐在沙发上，欣赏自己的小天地。立柱灯、壁灯、吊灯全打亮，20 平方米的客厅，真是太漂亮、太堂皇了。

不说挂壁式液晶电视机，不说立式空调，也不说陶瓷饰品，单单那套紧贴墙壁的流水型仿皮沙发，就够出彩的了。样式别致，色泽养眼，要多美气有多美气。

“这下满意了吧？”盛二卿点燃一支烟，非常得意地说。

阿香含笑瞟了他一眼，嗔道：“嗬嗬，这世界就你能！”说罢便起身去卫生间沐浴。

这套沙发，是盛二卿三天前在利群沙发商行选购来的。那位女营业员长相甜美，嗓音也很甜美。在开发票时，她还要他留下住址，说是以备生产厂家适时派员向消费者征求意见。这事，他告诉了阿香。还有一件事，他没有多言，当然，到时候，他会透露给阿香的。

叮咚、叮咚，有人按门铃。

盛二卿启门，一愣。不速之客是位年轻女郎，手捧一束鲜花。细察，他认出来了，她居然是沙发商行的那位长相甜美的女营业员。

“盛二卿先生，您在家啊，您好。”女客含笑致意。

“好，好，是您啊，请进，请进。”盛二卿寒暄着，心却怦怦直跳。

“还满意吧，您买回的那套沙发？”来客步入客厅，问询。

主人的脸一阵红、一阵白的，忙不迭地说：“这、这套沙发质量不错，很满意。”

女营业员随手把鲜花插在大口陶瓷瓶里，落座，话锋一转："我这次来，是为了钱……"

盛二卿持烟的手有点颤抖。那天，他拿了2800元现金买沙发，用去2700元。沙发运回家后，清点口袋，发现还有180元余钱，显然是营业员误把两张10元面值的当成50元面值的了，少收了他80元。他曾想送还，后来不知怎么的，又打消了这个念头。唉，早知道他们仍会来追钱，还不如当天就主动退还。现在糟了，要在阿香面前丢丑了。

女营业员的声音依然甜美："是这样的，这套沙发的定价为2420元，由于我见这款沙发好销，便擅作主张临时涨价，非常对不起。商行经理知悉此事，狠狠批评了我。今天到府上来，特向您赔礼道歉，买束鲜花聊表歉意。"她指了指那个陶瓷瓶，一脸羞赧之色。

"噢？是这回事……"盛二卿轻轻地舒了一口气。

女营业员打开拎包，从里取出280元，递给盛二卿，笑道："原收您2700元，应补您280元，请点清收好。发票也重开了，麻烦给调换一下。"

这太意外了。他取出发票换过，有种恍若一梦的感觉。

女营业员彬彬有礼告辞了，离去的还有她那串甜美悦耳的声音。

盛二卿手里拿着钱，瘫坐在沙发上叹气。这时，阿香浴罢，见老公一脸沮丧，好生奇怪，轻轻搡了他一下，问："阿盛，刚才你和客人的话我都听见了。怎么啦，补你钱了，反而惹你生闷气？"

盛二卿连连晃头。蓦然，他抽出8张"大团结"，冲出门去追那位不速之客。

追睹芳容

大纲君结婚已有10年，宝贝儿子读小学二年级。他在一家公司干后勤工作。工作比较乏味。家庭生活平平淡淡，可以想见，夫妻之间的新鲜感也早已消失。在事业上缺乏进取心的大纲君，内心的感觉依然是很丰富的。讲得实一点，有色“心”，没“色”胆。他只是乐于与单位里漂亮的女士接近，对漂亮的女士多瞟几眼是常有的事。

大纲君对自己时不时冒出来的卑琐念头有点不安。为此，他还到城西的一家心理咨询中心求诊过。心理医生对他说：“能感受女子的魅力，并为之吸引，说明您的身体很健康，这算不上什么病。”他心里的负荷减轻了，但依然咀嚼不出生活得好滋味。

一日，大纲君推着自行车，穿过一条小巷。突然，他的眼睛一亮：巷口的那家发廊里走出一位绝色女子：长发披肩，戴新潮墨镜，窈窕的身材挺挺的胸，裙裾飘飘，气质高雅，超凡脱俗。她跨上一辆女式电动车时，展露了修长而白皙的粉腿，性感至极。遗憾的是，这种眼福非常短暂。接下去，他只能望见她越来越远的魅力四射的背影。大纲君的心怅怅的，没经细想，便跨上自行车去追。目的是很单纯的：一睹芳容，如能当面聊上几句的话，那更是艳福非浅了。

那位驾驶电动车的女子距他约20米之遥。他蹬车直追。一转眼，那女子不见了。而且一桩倒霉的事找到了他，他竟撞倒了路边的一筐柿子。数以百计的红柿子顿时狼藉一片。

卖柿子的小贩拖住他：“你这是咋骑的车，眼睛长到哪里去了？”

他推了推眼镜架，满面绯红：“实在对不起，实在对不起……”他赔了小贩20元钱，才了断了这场纠纷。“就算是用钱买时间吧。”他自嘲着离开现场。

大纲君奋起再追。嘿嘿！阴转多云。他的视线里又出现了那位女子。她显然去商场买了些什么零星之物，把一只沉甸甸的马夹袋往车篮里一掷，又启动了车子。

前面是横跨市河的新月桥。桥面的人行道虽然宽阔，但行人熙熙攘攘。骑电动车的女子明显放慢了车速。大纲君离她越来越近了。她随风飘扬的秀发，那优雅尊严的坐姿，撩拨着他的心。这瞬间他脑海里徐徐映出单位里那几位出色的女子，与之比较，都显得俗不可耐。

“哎哟!”大纲君的自行车与身旁同行的一辆自行车碰擦了一下。身旁的骑车者没事，顾自稳稳地继续前行。他掌握的车头一扭，失去重心，人和车一起倒地。视线顿时模糊了——眼镜碰落在地。所幸，镜片没有破碎，只是金属架有点儿松动了。他戴上眼镜、扶起车子时，那位女子已经右转弯了。

他当然不甘心，骑上车也右转弯。刹那间，他的心里涌上一股情愫。他目击到那位女子驶进他所在的生活小区——雅士社区。“哈哈，这美女原来和我生活在同一个小区啊。”他自言自语地朝敞开的铁栅栏门骑去。

更令他惊讶的是，这女子竟然在18号楼前停了下来。只见她锁上车后，轻盈地步入此楼第二单元的楼道。

大纲君的心怦怦跳起来：难道他和自家同住一楼？平日里怎么从未打过照面？“世界真大，世界也真小!”他感慨不已，停下车，加速步履，直奔楼道。

等他上了三楼，刚巧目睹到惊心动魄的一幕：那女子居然把钥匙插进302室的房门——这可是大纲君的家呀。赶在门未关上之际，大纲君快速入内。那女子摘下墨镜，随即发现了他，秀眉一蹙：“怎么是你呀，大纲，你吓我一跳呀，鬼鬼祟祟可不是你的风格呵!”

大纲君顿时傻了：他追踪的绝色女子正是自己的夫人。

原来，大纲君的妻子穿了一套新裙去美容了一次，又向同事借了一辆电动车骑一下，目的是想叫老公拨点款，也去添置一辆。她供职的单位离寓所有5公里路，有了这种车，往返就便利多了。夫人撩人的风采就是这么来的。

大纲君痴痴地望着妻子，脸上的表情三分尴尬、七分惊喜。他还是第一次发现，自己的妻子这么有风韵，这么有魅力，简直是魅力四射啊。他情不自禁地抱住了她，给了她一个热辣辣的长吻。与此同时，他鼻梁上的眼镜架再也坚守不住，终于滑落下来。

一张旧木柜

河南小伙子范阿理和操量在江南荷城打工，快五个年头了。起先他俩在一个建筑工地当小工，后来因体力上吃不消，就在一家家政公司干活。有时去搬搬运运，有时搞一些洗洗刷刷的杂活，虽然也很辛苦，但收入还凑合。一晃又过去了一年。

春季里的一天，他俩被安排到一位郑氏老太太家搞家政服务，无非是干些打扫卫生、擦洗煤气灶之类的活计。他们干得很好。老太太很满意，除了付足工钱，还送给他们一只旧五斗柜。这件木件一直搁在车库，太陈旧了，又占地方，老太太就把它作为奖励品。

范阿理就和操量把那只五斗柜搬到市郊出租屋。他俩合租一个底楼旧宅，家具不多，这只旧五斗柜正好派上用场。不久，操量发现这只旧五斗柜的木档有点松榫，就动手修理。上层那只小抽屉拿掉后，见贴面还有一块薄薄的横板，似乎有点多余。他把那块业已松动的横板卸了下来。谁知从这块横板的隔层里掉落出两叠用塑料薄膜包裹的纸币，足足有100多张。这些花花绿绿的纸币，面额多种，有10元、20元的，也有50元、100元的，最小的面额为1元，共5万元。

操量只有小学文化，对钱币少有研究。他叹了一口气，说："那位老太太心善啊，送了我们柜子，还送了我们钱。只可惜这都是些过期的旧币，倘若是现今流通的钱币就好了。"

范阿理是高中毕业，见多识广，想的自然是另一回事。他仔细察看那些旧币后，心就狂跳起来。这可是1948年到1953年期间中国人民银行发行的第一套人民币。应该很值钱的。问题是，这样珍贵的东西，郑老太太和她的家人怎么会如此大意呢？他想不出答案。他拍拍搭档的肩膀，说："如果这些钱可以流通，那我们就应该立即归还，但……”

操量今年23岁，平时视大他5岁的范阿理为大哥，什么事都听他的。他好奇地说：“大哥，你别吞吞吐吐，莫非这东西也能换现钱？”

“何止是好换钱呵！”范阿理在心里嘀咕着。

这一夜，两人都睡不着。经过反复讨论，这两个打工仔意见渐渐统一。翌日，他俩带了礼品去看望郑老太太。老太太平日一人在家，很寂寞的，见两个年轻的打工仔来做客，非常高兴，还表示以后的家政活都找他们。

宾主就聊谈起来。郑老太太年逾古稀，有两个儿子、一个女儿，都在外地工作。在荷城有个外甥女偶尔来探望。客人还了解到，郑老太太的老伴在8年前仙逝，生前是银行职员；两老人不是本地人，50年前从河北石家庄迁徙到江南的。

范阿理用商量的口气说：“老奶奶，您能把儿女们叫回来吗？”

郑老太太说：“大儿子在北京，老二在上海，小女儿在福州，逢年过节，他们自然会回来看我。现在恐怕不行。你们有什么事，和我谈谈也行嘛。”

操量就打开拎包，把那两叠旧币拿出来，并说出这些纸币的来历。

老太太见到这些东西，感到很惊讶：“这些钞票一定是老爷子留下的。他年轻的时候喜欢收藏邮票啦、钱币啦。就为这事，要叫他们回来？”

范阿理郑重地点点头：“是啊，您应该马上打电话和您的儿女们联系。”

老太太微笑道：“我还当是什么重要的事，嗬嗬。既然这旧柜子送给你们了，这些不能用的老钞票，也归你们啰。”

范阿理说：“这可使不得，这些东西是您家的，当然要归还给您。另外，这些旧币很值钱，放您老人家手里恐怕不安全。还是叫您的儿女们回来，再交于他们妥当。”

老太太说：“就依你们，等一下，我打电话给他们。这些东西就麻烦你俩暂时代为保管。”

一个星期后，那些旧币一张不少地交到郑老太太儿女们的手里。这些旧币居然理出一套半第一套人民币。依目前的行情，像这样品相完好的珍币，一套的价值为160万元人民币。

后来，郑老太太一家人在大江南酒店宴请这两位打工仔。酒宴快结束时，老太太的大儿子从兜里摸出两张现金支票，面额分别为2万元，给范阿理和操量每人一张。

老太太说："很感谢你们，我本来的意思要给你们每人5万元，但怕给多了你们会拒绝。这点钱，是我们全家人的谢意和敬意。你们一定得拿呀，不拿我会睡不着觉的。"

两位打工仔起先自然婉拒，但大家都不允。老太太的大儿子是北京一所高校的经济学教授，他诚恳地说："多亏这些珍币落在你俩手里，否则很可能就散失了。给你们的这笔钱不算什么，你们的诚信和真情使我很感动。这是你们应得的一份，你们度日不易，这钱也好补贴家用，请无论如何收下。"话说到这个分上了，再拒绝就难为这一家子了，他俩只好收了这份从未想到过的礼物。

从酒店出来，两位年轻的打工仔并肩走在大街上，夜风拂面，视野里徐徐闪过霓虹灯的光亮。操量拍拍范阿理的肩膀，叹道："大哥，不会是梦吧？"

范阿理举手去捏操量的耳朵，说："痛不痛？咳，江南小城的夜晚，真是太美了。"

扁老三的机缘

你说，扁老三这个窝囊废要是没有那个机缘，他现在会那么神气？他原先是个什么熊相，谁会不知道？现在好了，他阔了，要什么有什么，家里电脑、空调、彩电、冰箱、全自动洗衣机、DVD、MP3，全有了。地板上还涂了蜡，墙壁上挂着镜框美女裸体画，要有多洋气就有多洋气。

扁老三的尊容？谁不清楚？扁扁的头，扁扁的眼睛，扁扁的肩，连手和脚都是扁扁的。站没站相，走没走相。谁会看得上这个年逾四十的老光棍？你说，要不是他得到了那个机缘，那位芳名叫姜妙玉的美女会下嫁给他？怎么，你还不认识姜妙玉？姜妙玉是街坊上的首席大美人：水汪汪的、会说话的眼睛，白嫩嫩的脸，白嫩嫩的手臂。姜妙玉曾是某芭蕾舞团的后备演员和业余时装模特儿，人称舞星、舞后。据说，这桩婚事还是姜妙玉主动哩。

现在的扁老三，天热的时候，穿丝绸衬衫或名牌T恤；在家里时习惯穿素底蓝长纹的刺毛睡衣，很讲情调的。他读了什么书？初中没毕业。要不是他有了那个机缘，他会这般出息？报纸里、电视里时常有他的形象，什么协会、学会挂有他的大名，甚至幼儿园、小学都请他去作讲座。他过去在学校可不是讨老师喜欢的乖学生。

快说吧，别卖关子了。扁老三到底遇着了什么机缘？是不是他认了什么外国或者香港亲戚？抑或在家后院掘地掘出一坛金子？还是做成功了一笔大生意？

机缘，就是机会和机遇的意思，这好理解。可扁老三这个机缘比较特殊，说大也不大，说小也不小，不是两三句话就能说清楚的。你别着急嘛，先把这杯茶喝了吧，稍安莫躁。

你知道，扁老三原先住在榆树街窄肠巷。那是条又狭又小、不通大街的死巷，他的家就在巷底。过去有个风水先生曾预言，说扁老三家要穷十八辈子，原因是其朝北的祖传宅基在死巷的顶底头，路不通，不会有发家之日。这话也似乎不假。扁老三的爷爷、老爹均是识不了几个字的大老粗，都是吃一顿饭要算计下一顿的穷汉子。扁老三辍学后，在冷冻厂和屠宰场做一些下手杂工和临时工的活计，几乎也要像他的上辈那般拮据过活。去年春上，他的机缘来了。

嗨嗨，你再吞吞吐吐，吾可要立马走人了。

抱歉、抱歉，马上就要说到正题了。机缘这个东西，据说对人都是公允的，就是说，人人都有份，只是时间来得迅缓不同而已，你就耐心等着好了。言归正传——市政计划还是城建规划，说不准，反正那天来了几个扛三角架、小红旗的测量人员，在窄肠巷瞄了好一阵子。没几天，窄肠巷朝南的那一排老式房子全部拆除了。这叫拓宽街道。这么一来，扁老三朝北的祖传老屋就成了街面房子，就是房门临街。

你知道街面房子的价值吗？现今时兴经商，是商人世界。扁老三名下的私宅是99平方米；临街58平方米的两间厅堂被一位烹饪高手租去开了饭馆，月租金3000元。这个月租数额还算保守的。新街顷刻间变成闹街，那里的店面系“黄金”店面。向扁老三商议租房的人是多得不得了，他是看那个烹饪高手面相老实，才把“租用权”给了他。据说目前的月租金又翻了一番，不过对外仍称老价钱。这其中的利害关系是不言而喻的。

现在你清楚了吧。要是市里街道拓宽的“白线”没有划到窄肠巷，扁老三的生活将是另一种景况了。哈，机缘！

噢，说了这么多，忘记交代扁老三现在的职业了。这么说吧，他目前仍受聘于太平洋娱乐公司所辖的“忘不了”舞厅，在门厅担任传达员。他的工作虽然细琐，但兢兢业业，多次受到公司老总的口头表扬。对、对，说得对，你太有才了。那阵子，姜妙玉确实常去那个舞厅跳舞，可以说，扁老三和姜妙玉的情缘，就是在“忘不了”舞厅得以发展的。

邻居们的经济地位

我们这个大杂院里，邻居有十一二家。最活跃、最具代表性的邻居是赵大亮、钱和松、孙复明这三家。

赵大亮在市机关工作，是个中年资深科员，业余从事笔耕，时有各类文章在报刊发表。他每月的稿酬收入大致上是月薪的五成。他家的日子过得想必是很舒坦、很滋润的。

钱和松原先是位小学教员，前些年就退休了。退休在家闲不住，就外出捡废品，早出晚归的忙乎，易拉罐、碎塑料、纸片纸盒纸箱，都是他的钟情之物。这种嗜好恐怕和他在“文革”期间所受的折磨有关，惯性所致。偶尔会捡到载有赵大亮所撰文章的报刊，这时，他就开心得不得了。他的退休金约 1300 元，捡破烂的收入说不准，差的时候每月也就是百来元，运气好的时候，和退休金差不了多少。

孙复明是城西针织厂三班倒的挡台工，无特别技术。两年前就下岗了。下岗生活费七扣八扣，净到手的是 386 元。这就很难维持生计了。靠朋友们点拨，他就拉了一辆板车走街串巷，干起收购废品的行当，转手把收来的东西卖给废品收购站，赚个差价。他因为年轻、能吃苦，又因为心存希望，所以他离开单位、失去铁饭碗后，脸上的笑容并没有减少。他什么废品都收购，就是不收购钱和松老师的。这方面说不出特别的理由，或许和他信奉“兔子不吃窝边草”有点关系吧。不过他俩的关系还是很不错的，奔日子的空闲里还一起喝过酒哩。

今年吧，头几个月里，这三位邻居每月的个人经济总收入排名如下（出于谨慎的考虑，我们不涉及他们的夫人们及别的家庭成员）：

1. 赵大亮；2. 钱和松；3. 孙复明。

以后的一次统计，情况有所变化，排名次序更动如下：

1. 钱和松；2. 赵大亮；3. 孙复明。

最近这个月的统计结果发生了戏剧性转变，排名次序有了质的变动：

1. 孙复明；2. 钱和松；3. 赵大亮。

而据此统计的时限，赵大亮的文章发表率是最高的一个月，所收到的稿酬汇款总额也是最高的一个月。街坊的领导们虽然常常得到赵大亮所赠的泡泡糖、山楂片、彩色橡皮和明星粘纸之惠，但逗着乐编成的顺口溜一点也不向着他：写稿写得眼发粘，眼睛发粘走不稳；走路不稳要跌跤，跌了一跤脑筋浑。还有：写稿子的不如捡废纸的；捡废纸的不如转手卖废纸的。

另据街坊业余观察家推测，我们这个大杂院这三位邻居的经济地位的暂时排名次序，还要维持一段时间，哪个月份会发生逆转，谁也没有把握。

第四辑

职场诡澜

古钱币 / 笑吧 / 无懈可击

茶色眼镜 / 温柔的小手 / 柴秘书寻工记

送温暖 / 鞋匠和部长 / 关系融洽的背景

水喷事件 / 楼下有人喊 / 神猫

……

古钱币

我所熟识的磊君，是位很有风度、很有涵养的中年男子。他在我们这个城市有一个不是很大但很有点儿魔力的职务——市东区最大的菜市场管委会主任。具体管辖菜场的秩序、仲裁摊主和顾客之间的纠纷等项事务。当然，他的精力还得去应付调整、续租、分配和定点摊位的细琐之事。不要小看这些细琐之事，单看那些小菜个体户、鱼虾贩子和自产菜农对他的巴结劲儿，就可对磊君的地位略见一斑。

但是，我对磊君的印象不错。常言说，“常在河边走，哪有不湿鞋”，但在他身上似乎与这些不沾边儿。他的家我去过几趟，不曾见有什么高档家电和家具，室内装饰也不豪华；邻居也不常见他家有什么甲鱼壳之类出售给走街串巷的收购者。

因为磊君是我同窗好友的同窗好友，两人就以老同学相称。我对他更添一份敬意，是在半年前那次“古今中外钱币展览会”上。第二展厅上那由百枚品种各样、令人眼花缭乱的古钱币组成的藏品栏，受到观者的青睐。此栏的收藏者，便是磊君本人。

之后，我到他家里去做客，他还给我看了更多的钱币藏品和几册登有他的照片及专访文章的杂志。这使我重新认识了磊君。

“你的古钱币可值多少钱?”那天我好奇地问他。

“钱币是指过去流通而现今不流通的金属货币，而货币则包括现行流通的钞票和过去的钱币。”磊君神情坦然地说，“我收藏的这些古钱币是非流通的，可以说一钱不值。”

他的话解了我些许迷惑，又使我顿生些许迷惑。当我再问一些什么的时候，磊君便向我侃谈关于古钱币的收藏手段、鉴赏知识，以及有一次他闻悉某山乡一位农民藏有一枚珍稀古钱币，于是骑车百来里路前往收购的情景。至此，我对他佩服得几乎五体投地。

一日，我去郊区采访几位自学成才的青年农民。在古泉村，我了解到一位名叫阿泉的青年菜农，在近半年内节衣缩食热衷于收集古钱币的事。等我兴冲冲赶到阿泉家，阿泉则气喘喘地归来。他非常高兴地告诉我，他去邻村购得三枚古钱币。我接过手鉴赏了一番。其中有一枚小圆镜大小的“乾隆通宝”很稀罕，周围非常光滑，在“通”字右侧的边缘却缺了一个小小的角。阿泉视这三枚古钱币为珍宝。

半个月后，我上菜市场买菜。在蔬菜摊上，邂逅了古泉村的青年菜农阿泉。他硬要塞给我一些灯笼辣椒、豇豆和刀豆。他讲的话有点含混不清，大概的意思是：他申请在这个菜市场租个摊位，半年多了尚未解决；我采访他的那天，他购得三枚古钱币，从而使他手头上的古钱币累积到二十枚，进而得到了这个摊位的租用权。我弄不懂古钱币和蔬菜摊位有什么关系，又不便细问。告辞时，我祝愿他卖好菜、管好摊位、发良心财。他连声说谢谢、谢谢。

当晚，我应电话之邀去磊君家聚谈。磊君为我沏茶、递烟，看得出，他的心绪极好。一番寒暄后，他便眉飞色舞地告诉我，他又收藏了一枚珍稀古钱币——这样，他藏有的这组古钱币就满百枚了。

磊君打开一块折拢的红绒布，从一叠古钱币中，撮起一枚递在我的手里：“这枚是我在上周弄到的。”

我接过手一看，愣住了——这枚小圆镜大小的“乾隆通宝”，“通”字右边缺了一个小小的角。

笑 吧

这天，在江南荷市工作的郁志铭出差途经花城，夜宿大学同学陈小小的寓所。两人无话不聊，半宿未眠。陈小小在花城一家国企工作，是行政科的一般干部，而郁志铭已是当地地税局的副局长。陈小小自然对老同学的进步表达了由衷的敬贺和高兴之情，而郁志铭却对自己的职务不以为然，甚至还流露出些许忧虑。陈小小当是老同学工作压力大，盘算着明天陪他去花城逛逛风景散散心。

翌日，两人游览了好几个景点。尽管主人十二分的殷勤，客人仍心猿意马，眉锁难开。走到市河畔，一家名叫“笑吧”的休闲茶馆，吊起陈小小的兴致，便邀郁志铭进去一乐。

“笑吧”老板匠心独运，生意红火。规定：谁在这里消费笑不出声来，免单不说，还能获100元的“酷”奖。当然，顾客们没有一个不乐开怀的，那“酷”奖也就长期空缺着。说来也不玄乎，“笑吧”的每个茶座里都放着一批诸如漫画、幽默、笑话之类的册子，供品茗者浏览；另外那些端茶的服务员打扮得奇丑，让人忍俊不禁；茶桌上还置有一只微型播音机，只要一揿按钮，就有拿腔捏调的小段子笑料抖出。这么说吧，这趟，陈小小可是笑得每每喷茶，直喊肚痛，而这位郁副局长却不为所动，反而黯然神伤。

陈小小慌了，问老同学：“志铭啊，咋啦？你在学校时可是个幽默大师，常上舞台表演单口相声。怎么当了官员，身上的笑细胞都灭了？还是和嫂夫人出现了情感危机？”

郁志铭摇摇头，叹道：“没事，家里一切正常。我呀，正在琢磨‘无官一身轻’哩。”

陈小小也摇摇头：“这社会嘛，当官和当民只是分工，老百姓也不轻松。

论收入，有些人还不及你的三分之一，日子不过啦？再说了，官职越大，影响力就越大，一个有责任心、有良心的官员，和一个像我这样平庸的草民，论贡献，当然是前者大喽。”

两人临走时，“笑吧”老板郑重其事地向郁志铭颁发“酷”奖证书，扣除陈小小的消费，还付给这两位顾客60大洋。陈小小乐不可支，而郁志铭却露出一脸苦笑。

陈小小不糊涂，他知道老同学心里头一定在犹豫着一个决断，很可能和经济上的纠葛有关。在送老同学去火车站的路上，陈小小说：“人活在世上，都会发浑、犯错，问题是不能错上加错。最近上头关于严格禁止利用职务上的便利谋取不正当利益的若干规定，报上都登了，我也细读了。想必你会比我学得更用心。我要你好好研读一下第十条。希望你再次光临花城的‘笑吧’时，拿不到那个所谓的‘酷’奖。人生几何，可不要吝啬笑呵。”

郁志铭握紧陈小小的手，泪湿眼圈：“谢谢，小小君，诤友，良友啊。”

果不其然，半个月前，一向检点的郁志铭经不住诱惑，收受了当地一个房地产商的“薄礼”——以低于市场价二分之一的价钱为弟弟购进一套住宅。对照那个《规定》，显然犯了戒律，虽然无第三者知晓，但他心里头一直不踏实。在前行的列车上，他收到陈小小的一则短信：“第十条——收受请托人财物后及时退还或者上交的，不是违纪……”

一回到家，郁志铭马上去荷市纪委和盘托出此事，并筹钱上交了另一半的房款。完事后，郁志铭拨通了陈小小的电话。

陈小小在千里之外的花城，听到了老同学朗朗的笑声。陈小小回电：“志铭君，笑吧！”

在局党组学习会上，郁副局长作了深刻的思想检查，末了，他沉重地说：“不能因为满足内心阴暗的窃喜，而割舍了阳光下坦荡的爽笑；不能抱侥幸的心理贪占非分之财，蚕食明天的幸福心境。私欲膨胀了，笑的权益就缩小了。”

会议室里一片寂然。少顷，便响起一阵真诚的掌声。

这些天，郁志铭一身轻松，办事效率特高。只在一人独处时，他就展开再次去花城做客的遥想，想像着和老同学再度光顾花城那家“笑吧”的情形。

无懈可击

刘遐志是个公务员，他的工作魄力与亲和力都是很强的，数月前升任市政府办公室主任，接到一个烫金请柬——某房地产公司邀请他当开盘仪式嘉宾。开盘仪式很特别，竟包含着一个知识竞答节目，只要能准确答出一道题，就能获取嘉宾特别奖，奖金是3000元。刘遐志抽到的题是：一年有几个季节？天知道他是怎么想的，居然愣了半天，说："一年有五个季节吧，春、夏、秋、冬，加上一个复合季，这个复合季说冷不冷，说热不热，大约在秋冬之间的一个时段。"弄得主持人瞠目结舌，而与会者则哄堂大笑。他没有答对题，自然没有拿到奖金。

这个房地产公司的董事长阿棒先生其实是刘遐志的小学同学，知道刘遐志不给他面子，又不能当众失态，只好快快地说："嘿嘿，我还是第一次知道，我的老同学是个季节盲。"

如果说阿棒先生这样和老同学套热乎，多少是看在老同学的职权分上，那么他以后的几次"出击"似乎都不带功利色彩，只是想让老同学恢复人的七情六欲。阿棒董事长不相信还有不沾腥的猫，他和刘遐志较上劲儿了。

一天，阿棒先生以小学同学聚会的名义，邀请十多个人在海滨宾馆聚餐，当然也约了刘遐志。喝得差不多时阿棒先生把各位请进了几个包厢。刘遐志的包厢自然是最高级的。刘遐志以为是唱卡拉OK娱乐，一进包厢就吓了一跳，只见一位年轻的靓妹一丝不挂地坐在沙发上，口里喊着："我好想你啊……"向他扑来。他浑身发热，连忙撤退，但门已无法拉开，他知道这是老同学搞的把戏。他急中生智，摇晃了一下身子，即刻倒在地上，作昏厥状。靓妹没经过这种场面，连忙穿衣报警，刘遐志被阿棒先生和保安扶出了包厢。这一回合，阿棒先生又吃了败仗。他当然不甘心，开始琢磨更巧妙的点子。

这天晚上，办公室秘书小程突然打电话来，说他在网上看到一条有损刘遐志名誉的信息。刘遐志马上打开电脑，浏览了那则信息。不看不知道，一看吓一跳，一个化名为“偶波欣”的人在网上大放厥词，说现任市府办主任刘遐志平日里一副正人君子的样子，其实骨子里是个花花公子，拥有三个情人云云。秘书小程特别气不过，说是要和这个放厥词的人打官司。不久，小程接到了一个神秘电话，说这件事是阿棒董事长一手捣鼓的。刘遐志打电话给阿棒董事长询问这件事，阿棒竟笑呵呵地说，这不是跟你开个玩笑嘛。刘遐志气得扔了电话。小程秘书拟定了诉讼书，刘遐志阅后觉得没什么不妥，就交给小程去办。不久，此案开庭了。这桩名誉侵害案始作俑者阿棒先生对自己给刘遐志的名誉造成的伤害深表歉意，愿意接受任何处罚。法庭最后判被告人在网上撰文致歉，并赔偿受害人精神损失费 3 万元。刘遐志松了一口气，他的妻子热泪盈眶，当众给了他一个信任的长吻。但当他起身离席时，遇到了老同学狡黠的目光，他一愣，顿时醒悟：原来这个阿棒先生仍在忽悠他。

三天后，3 万元的精神赔偿金由秘书小程带到办公室。刘遐志闷声问小程：“阿棒董事长给了你什么好处?”

秘书一愣：“没什么好处呀，这是赔偿，不是贿赂。阿棒董事长知错认错，赔点款是尊重法律。”

刘遐志厉声说：“我再问你一遍，他给了你什么好处?”

秘书小程见主任真的发火了，只好说了实话：“我拟好诉讼书的那天晚上，阿棒董事长约我出去喝茶，他对自己的鲁莽深感不安，暗示他可以出点钱聊表歉意。我觉得在理，就在诉讼书里补上要求赔偿精神损失费这一条。我想，这样您可以得到实惠，又不违纪。”

刘遐志叹了口气说：“年轻人，你还嫩一点，还得多经受点风雨呀!”

那天，刘遐志独自一人去了六十多公里外的九里店小学，把 3 万元现金交给当校长的小学同学老郑，要老同学把此款用于贫困学生的补助。刘遐志是以阿棒董事长的名义捐的，他说他这一趟只是代劳。

刘遐志把那 3 万元捐给九里店小学的事，后来传到阿棒董事长耳里。那一刻，他有种震撼的感觉。后来，他也去了一趟九里店小学，追加了 20 万元钱，用于改建校舍……

茶色眼镜

荷市工业局的黄局长工作有魄力。他作报告，通常的情况下声音洪亮，中气足，很有感召力。如果谁与他谈私事，他说话的声音是很柔和很亲切的。因此，他的人缘又好。请他帮忙，请求他解决问题的人特多。

局里传达员老姜的儿子要结婚了，可住房问题无法解决。购房无经济实力，租房又碰不上称心的。儿子的单位则答应两年后为其腾出一个小套房，这，等不住。老姜了解到局里有个空仓库，他想请局里通融一下，暂借一阵子，把空仓库权当儿子的洞房，以渡难关。想来想去还是去找黄局长。

这天，老姜就鼓足勇气闯进局长室，正好黄局长在。老姜忧心忡忡地诉说自己的请求："黄局长，我的儿子要结婚了，可房子……"

黄局长摆弄着手里的红芯铅笔，耐心地听着，还不时地点头。当传达员告辞把期待的目光投在黄局长的脸上时，黄局长戏谑而又亲切地朝他眨眨眼睫。那种暗示是很分明的：知道了，有数了——咱俩彼此都得心中有数呵。

于是，传达员老姜就乖乖地退出局长室。

统计员小刘的爱人在邻县工作，想调进本市，几次努力都没联系成功，于是也去找黄局长。

黄局长在办公室微笑着听取了小刘的请求，和蔼地说："莫急，莫急，看机会……"一边说一边朝小刘眨眨眼睛。那暗示也是分明不过的。统计员心领神会地告辞了。

周六的午后，张爱芬助理工程师在路上碰到黄局长，谈起她的读初中的女儿的转学问题。助理工程师是有的放矢的——黄局长的夫人正是她女儿想转入的那个学校的校长。路上有风，黄局长用手遮着眼睛听，还不时地用柔和而圆润的嗓音打断对方的絮语。就这样边走边谈着，分手时，黄局长两手互搓着，朝张爱芬直眨眼睛，嘴角留着笑。

张爱芬是聪明人，黄局长的示意哪有不懂的。回头嫣然一笑：“到时候，少不了要谢您的。”

不久，传达员老姜的儿子结婚了，新房就做在局里的空仓库里；统计员小刘的爱人调到本市来了，单位还不赖；张助理工程师女儿的转学问题也圆满解决了。

于是在一个温馨的夜晚，三人带着丰厚的礼物造访黄局长的家。

黄局长见家里一下子来了这么多客人，显得很高兴，只是他带了一副茶色眼镜，客人们无法辨出他从眼眸里流露出来的喜悦。他笑呵呵地说：“你们都来了，好，好，坐，坐。”

黄局长一一为客人们沏茶，客人们依次说了些感激不尽的话。

传达员老姜从拎包里掏出两瓶茅台酒。

统计员小刘从网袋里摸出两条中华牌香烟，还摸出一只饼干盒之类的东西。

张爱芬带来的藤篮里装着两块高级衣料，一块可裁夏衣，另一块可制冬装；衣料里还藏有一块手表。

茶几上的礼物越来越多了。

黄局长两手一摊：“你们这是什么意思？把我当外人看，我是公仆嘛，只是尽了一点力所能及的义务。你们眼里还有我这个局长的话，请务必把这些东西带回去。”他的声音依然是柔和的、诚挚的，还有一种让人辨得出的微微的严厉。

黄局长的夫人回家来了：“老黄啊，和医院眼科联系好了，马上去。”

黄局长摘下眼镜，朝客人们眨眨眼睫：“实在抱歉了，我的右眼患了小疾，得马上去动手术。各位请便吧。”他的眼睛微肿，红红的，但笑意是真诚的。

温柔的小手

曼娜小姐曾和克跃君同在一个办公室工作过。她是一位姣好而又很注重礼仪的知识女性。身段儿好，肤色白白的，手儿小小的，手指细细的，温温柔柔的。当然，这种情形是克跃君的想象。他与她并不很接近，但彼此印象都不错。他甚至没有和她跳过舞，没有和她握过手。只有一次，双方皆戴着手套时握过，那是在某一年冬季里她有趟远差，他和几位同事送她到车站时握的。那不叫真正意义上的握手。

人是最难琢磨的。就说曼娜，她本有个很幸福、很美满的家庭，夫君的地位和仪表都是上乘的。可不知怎么搞的，在那阵下海潮挺汹涌澎湃的当儿，她还是与他离了婚。

成了独身女人的曼娜很注重自己的形象设计，娇而不弱，媚而不俗，整日地出入于社交场合。

不久，她就离职去了海南。据说是在一个政府办事处供职。后来又听说，她自己搞了一个国际性的贸易广告公司，自任总经理。

总之，女人的能量不可轻看。这么一个如花似玉、娇娇滴滴的年轻女性，居然会做成十个男子甚至一百个男子合在一起也办不成的事业。随着时间的推移，人们关于她的绯闻和财产增值的传播兴致淡了下来。最后，也便没有人再提及她的名字了。

十年一晃。曼娜小姐又回到故乡。她自然有诚意来老单位看望她的老领导和旧交。

那天，天气宜人。虽说是在冬季里，但风送进窗来的气息是温温馨馨的。克跃君坐在办公室里，正埋头誊抄一份业务述职报告。耳际的声音渐渐引起了他的注意。隔壁办公室里似有一位女士在说话，她的语音很柔软，略带点嘶哑，对了，她一定是曼娜小姐。乡音不改哟。

于是，克跃君就放下案头的工作，踱步到走廊上。朝隔壁铝合金玻璃门望去，坐在软垫转椅上的来客果然是她。

曼娜小姐也一眼认出克跃君来，就站起身迎出门。她高兴地说："您好，克跃君！"说话间自自然然地伸出手。

克跃君也作出礼貌的反应，伸直臂膀，握住了她的小手："您好！曼娜小姐。"

也许是种职业性习惯吧，曼娜小姐的手没有马上抽回。与此同时，她脸上的表情尽可能多地洋溢出一种久远的亲切和友谊。

他握着她的手，真惊奇她的手会如此的柔软、滑润，似乎没有骨头似的，如此地温馨，似有一种可心的香气从她的手渗入到他的肌肤和骨髓里。他打量她。岁月不可能不对这张曾经青春的脸庞进行侵蚀。她穿了一件貂皮大衣。被毛茸茸的衣领衬托得很高贵的脸上，妆化得很夸张，眼线很乌，嘴唇上的口红涂得很厚很广，面部略显浮肿。

就是这双温柔的小手，要和世间各种各样或坚强或坚硬或险诈的手打交道呀。他遐想开去。

"克跃君一向可忙呀？"曼娜小姐笑吟吟地把一个社交用语掷给神色有点怔怔的克跃君。

他一激灵，收敛遐想，松开手："忙？忙什么？还不是空忙、瞎忙，清汤寡水地忙。"他自嘲地说。

"还是你们好。生活安定，有个家。"曼娜不免生出几分伤感，对克跃君，也是对所在办公室里的另一位男子说。

克跃君坐在窗下的沙发上，望着这个似熟悉又很陌生的女子，很唐突地问："怎么样，这几年忙下来，赚的钱总有50万元了吧？"他也不知道自己怎么会问出这句话的，怎么会说出这个"天文"数字的。要知道，克跃君夫妇俩一年忙到头，省吃俭用余下的钱尚不足5000元；50万元嘛，真的，要他和夫人不吃不用忙乎三十年哩。

谁知，曼娜小姐脸上的神情非常镇静，嘴角露出一丝很轻蔑的笑意，但女人的嘴唇间透出一句："钱都是自己一点一点攒起来的。贪安逸，钱可不会自动滚进门的，对吧？"

这是什么话，他听不懂。曼娜小姐临别时送给克跃君一册印刷豪华的国际流行型的广告业务类杂志，称这是她主持的刊物。自然地，接过那册杂志后，他道声谢谢，又礼节性地握了握那只温柔的小手。

事后，有人向克跃君披露，这位曼娜小姐已拥有总共 3000 万元的资产、房产和家庭存款，令克跃君咂舌不已。

当他把这个感觉告诉夫人时，夫人很轻蔑地说："大不了一个小富婆而已。"克跃君看看夫人那种镇静自如的神情，心里想笑，却笑不出声来。

柴秘书寻工记

红星商厦有百来号员工，办公室秘书就有三位。刚过罢 40 岁生日的柴藤秘书，被列入下岗人员名单。其实，身为秘书的柴藤，文化程度只相当于高中，不搞文案之事。他主要的工作是搞接待，当宴会的“陪吃”，相当于商厦总经理的生活秘书。所以，像他这样无啥特长的人，再就业便有点儿困难。

连日来，他东奔西走，最后在朋友的帮助下，柴秘书去 OK 公司管辖的一家印刷厂当装订工。这是个不足 10 人的小型企业，业务量不大。柴秘书的装订工作是计件工资，由于出不了太多的成件印刷品，他的工资也不高，约 300 元吧。两个月做下来，兴趣全无，于是就想干点儿别的。就这样，他假托家里有点麻烦事，向厂长告假半个月，其实是一种婉转的辞言。

柴藤秘书闲居家中的日子，来客频频，话题自然离不开找工作。这天，老邻居阿碰先生来访。阿碰先生开门见山地说：“柴秘书，知道你下岗在家，想和你合开一爿音像店，出售碟片之类的，利润可高喽。”他还一一介绍他所熟知的音像店的经营情况。柴秘书就心动了，于是两人便热火朝天地商议筹备之事。

第二天夜里，昔日的同事阿西君来访。阿西君一听说柴秘书有意与人合伙开音像店，扯开嗓子说：“错、错、错！罢、罢、罢！”客人把这个点子批驳得体无完肤，接着就介绍他的生意经——批发水果：“前阵子，我去了新疆一趟，搞了几车皮哈密瓜，仅 20 天，就净赚一万五。”说得柴秘书热血沸腾，就想跟着阿西君一起干。柴秘书把客人送出门时，紧紧握住客人的手，说：“我决定跟你走了，具体细节再商量。”

又一天，柴秘书妹夫的业务搭档叶先生来访。刚坐定，叶先生就口若悬河地披露他操作的旧书刊生意。叶先生有点儿神秘地说：“摆旧书摊也有诀窍噢，关键是心思用得妙不妙。”并把批发水果的风险描绘得很恐怖。柴秘书过去也是半个书迷，家里积存的旧书报、旧杂志倒有几大橱，摆个旧书摊，货源是现成的，且非常充足。他拍拍客人的肩膀说：“幸亏得到你的指教，我对摆旧书摊颇感兴趣，自由职业，无拘无束，行，就这样定了。空下来我就理出一批东西来。”叶先生就语含褒意地说：“柴秘书是文化人，捣鼓旧书报也是很文气的，正合适哩。”

周六的晚上，正当柴秘书拎了几只装满旧书的大蛇皮袋要出门摆摊时，和他一起下岗的倚干事来访。倚干事喝了一口茶，点燃一支烟，捎了一个信息给他：“鞋帽柜组的下岗青年小胜，做旧书刊生意，起初尚有赢利，后来批来的数千册旧书刊近半数都是‘黄’的，书刊被没收，还被罚款3000元，蚀本蚀得太厉害了，弄得小胜差点儿要自杀。”柴秘书听得两脚打颤。来客自然没有忘记介绍自己的近况：开了一爿大馄饨店，生意红火。柴秘书一边听一边在心里打算盘：他有位亲戚做馄饨的手艺不错，且是闲人，不妨邀请这位亲戚一起来做馄饨生意。柴秘书把旧书重新放回橱子里，对做馄饨生意的点子燃起极大热情。

星期日一早，柴秘书就去找那位会做馄饨的亲戚。住址是找到了，人却未碰到——这位亲戚去上海探亲了。他有点儿沮丧地往回走，意外地和熟人老滤君邂逅。两人在河滨公园傍水的石椅上坐下，老滤君抽的是中华烟，手指上的金戒指足有50克重。当老滤君知道柴秘书有意操持馄饨店，大惊失色。他对饭馆、快餐店、面店、馄饨店对环境的污染大大地批评了一通。并介绍邻居一家馄饨店由于散发出的油味太大，受到小区居民的一致指责。末了，他道出自己的财运：“我只用了10天时间，用回扣法卖茶叶，赚了一万元。”柴秘书对老滤君的生财之道羡慕得不得了，说：“你是能人啊，不知像我这样的人合不合适干？”老滤君说：“正合适哩！”分手时他嘱咐柴秘书晚上到他府上小坐，商量操作流程。

柴秘书回到家，人就瘫在床上了。这些天来，弄得他很疲惫，几乎要生病了。他迷迷糊糊睡着了。在梦中，他作了决定：如果没有比卖茶叶更有吸引力的信息，他就去找老滤君，铁了心了，搞定了，不再犹豫了。

晚餐之际，有人叩门。是老同学阿陶来访。阿陶是市政策研究室的科员，是位小有成就的“经济学家”。他的话匣子里倒出来的无非是自己的最新研究成果——即将发表的《赚钱和赚钱的成本核算》。他的观点很新颖："所谓赚钱的'成本'，不仅仅是资金，更是身体、家庭生活质量、安静的心态、享受欢愉的能力，等等。总之，用损害和影响上述的要素，提高'成本'，赚的钱再多，也不能算赢家。"阿陶的话使柴秘书耳目一新，于是就虚心向客人讨教。阿陶坦率地说："像你老兄的家庭情况、个人身体素质，以及少年时受苦、工作时受累的情况，还是去干点稍费点体力的事，脑不累，工资三五百元，能每晚看看电视和家人共享天伦之乐，睡眠不受干扰，就可以了。"阿陶还具体地举例：他的邻居老克，在一家小型印刷厂干活，干了一个星期，感觉不错，脸色也红润了，晚上，老克夫妇在河滨公园悠然散步的样子，真叫人羡慕——这是为什么？因为这位老克找到了一个适合自己体现人生价值的、赚钱成本又很低的工作。柴秘书不断地点头，对老同学阿陶的聪慧佩服得五体投地。

第二天清早，柴秘书就去原打工的印刷厂，想恢复工作。但厂长双手一摊，用很抱歉的口吻说："那份装订工的位置已有人顶了。因为老不见你复工，又找不到你，只能另请他人了。这位新装订工就是老克，想必你俩认识吧？"

柴秘书痴痴地站着，神情很沮丧。厂长安慰说："柴秘书，留个电话号码吧，以后有缺额时，再及时通知你，你看行不？"

柴秘书不再犹豫，亮声地说："好吧！"

送温暖

夜已深了，市民政局副局长宋寒冰仍伏在案头上。圈圈点点，划划勾勾，一张特困户名单，叫他颇费思量。100 个特困户，每户补助 2000 元。已定下 99 户了，只剩一个名额了。

黄小曼家，夫妻俩都下岗两年，尚无固定工作；丈夫又有病，孩子上初中。此户生活确实有困难。王小慢家，夫妻俩皆下岗，有个年过八旬的婆婆患严重气管炎，孩子在省城读大二；王小慢在街口摆了个缝纫摊，每天有个十来块进账，丈夫在一个公司当门卫，三四百元月薪。此户过日子也不易呀。可是，黄小曼和王小慢家，只能二者取一。他抽了一支烟，在房里来回踱步。定了，只能这样定！他用笔把黄小曼的名字划掉了。

第二天，在局务会议上，他提交这份名单供与会者讨论。局办主任大秦表示，黄小曼家确有困难，是不是可以破例增加一个名额。20 万元的补助款，不是一个小数字呵。为了筹措此款，宋副局长差点儿跑断了腿。跑企业、跑机关，磨破嘴皮，总算有了着落。多数同志则不同意增名额，也有的提出是不是可以换下一个名额。宋寒冰摇摇头：“都很困难，换下哪一个都不妥当。我们送温暖，也要注重送就业机会；补助，更要补心、补精神、补志气……”

宋寒冰刚过 45 岁生日，他从部队转业到地方，换了七八个岗位，目前这个职务已干了三个年头。他处理事务向来缜密周到，同事们都服他。也许他有他的道理，他既然力推王小慢而不是黄小曼，恐怕有他的思量。大秦主任也就无话好说了，方案就这么通过了。

接下去是实施。把装有补助款的红纸袋，一份一份地交到眼噙热泪的户主手里。春节快到了，把人间温暖，早一点送到困难群众的心坎里，正是民政工作者一年的祈盼啊。

没有不透风的墙。那天，一向泼辣的黄小曼就到民政局来闹。她径直找到宋寒冰，横眉冷对："你说，你凭什么要拉下我。我家还不算特困？我和老公都没有活做，老公又干不了重活，孩子上学费用又高，你难道不知道吗？"

宋副局长的脸色有点严峻："你不要胡来，我们是经过调查的，我们是讲政策的。"

黄小曼可是刀子嘴："政策？哼，那个王小慢算什么特困？他们夫妻俩都有活干。你这个宋寒冰，政府委托你们送温暖，你倒好，送寒冰。你姓什么都好，为什么姓'送'，叫什么名字都好，为什么叫寒冰？！"

宋寒冰的脸上有了笑意，他看着她，眼眸渐渐湿漉起来。

她气呼呼回到家。女儿菊菊高兴地嚷道："老妈，咱家有钱了，你看，这红包包，是大舅派小车司机送来的。司机说，这2000元钱是大舅个人掏的腰包，还有……"

黄小曼愣住了。她的视线里，还有两袋米、两大壶食油、一条大猪腿。这都是菊菊的大舅送的。她低下头，默默地啜泣起来。其实，她是宋寒冰的亲妹妹。困难时期，她大哥刚出生，硬是被爹妈送给邻县的宋木匠家。兄妹俩相认，还是近几年的事……

大年初一，黄小曼一家人到大舅家拜年。宋寒冰自然非常高兴。互道新年祝福后，宋寒冰拉着妹子的手说："妹子啊，我工作忙，平时对你家照顾得少一些。可是你也应该振作一点。不能甘当'弱势群体'呀。说到困难，谁家都有一点的。妹夫身子弱一些，但轻便的活也可以干干嘛。叫他去干门卫，还不到半个月就歇工了，还好酒！你呢，干一行，厌一行，三天打鱼两天晒网；还老惦记着那个棋牌室，今天赢8块，明天输10块，不是个事儿呀。"

黄小曼的脸躁红起来，她的眼神是安然的，听得很用心。

"说实话，我很看重王小慢夫妻俩，他们下岗不落志，不等救济靠自己。发补助款给她家，图的是雪中送炭，有了几千块钱，她的缝纫摊就可以开成缝纫铺。她的儿子就是受爸妈的影响，读书特别用功，很优秀呵……"宋寒冰借说王小慢，批评黄小曼，同时激励她。

不久，黄小曼夫妻俩开始了新的市井生活，她本人后来还被评上再就业先进分子。

而宋寒冰副局长，人们都喜欢亲切地叫他"送温暖"。

鞋匠和部长

两个月前，荷市西街口的鞋匠丁金，临危不惧、勇斗拦路施暴的歹徒，拯救了一位少女的生命，为此立了大功。不久，他的名字便被列入市“首届见义勇为奖”获奖名单里。

那天，市里在大会堂隆重举行“见义勇为奖”颁奖大会，分管精神文明建设的市委宣传部部长丁今主持会议，并发表了热情洋溢、扬善激浊的讲话。丁部长上任还不到半个月，以前在邻市任职。他还是第一次在公众场合亮相。新部长的讲话是很用心的，光讲稿就修改了三次，他很想给陌生的市民们留下个好印象。表彰会结束后，事情的发展非常具有戏剧性了。当丁部长偕同丁鞋匠走出门厅时，就分别被姗姗来迟的一批青年记者围住了。

青年报社法制版的女记者阿颖瞄准的是宣传部长。她抓住机会首先发问：“丁今同志，据说您上任不久，我还是第一次见到您。打扰几分钟，请您谈谈市里对精神文明建设方面的新思路、新举措……”

丁鞋匠的耳朵有点儿背，但知道女记者采访的是他。他可一点精神准备都没有，但不讲几句总不大好，况且他还得了一万元奖金哩。他迟疑了一下后，说：“您说我上任不久？这、这好像不、不准确。我干修鞋这行当，年月可长了。您问的是市里的大事，要我讲，我能讲什么呢？不知你们可知晓高跟鞋、平底鞋钉钉的费用。走路因有‘钉’而产生节奏感、音乐感。人没有精神时，穿钉钉的硬底皮鞋走路精神会好些。精神好，做起事来效果就好。”

阿颖记者闻言，甚感迷惑。她瞄瞄被采访者炯炯有神的目光，马上明白这恐怕是领导的幽默。她问：“您打了个生动的比喻，您是说，颁发‘见义勇为’奖就像给人的皮鞋上钉上钉，扬起正必压邪的精神和信心？”

丁鞋匠笑了，露出满口白牙：“记者小姐，您说得很好，我今后要更好地给百姓的皮鞋上钉钉，包质包量，让每一枚钉都发挥应有的作用。”

而省广播电台的男记者阿树，瞄准的目标是鞋匠。他拦住丁今：“丁师傅，请留步。”

丁部长一愣：“噢，您是记者同志……”

阿树向心目中的鞋匠问了一些“见义勇为”的细节，并询问他“修鞋”方面的生意和前景。

丁今部长说：“刚才您称呼我‘丁师傅’，我听了耳发热，心也发热。这说明咱俩没有距离嘛。根据我的体会，挺身而出的人多了，铤而走险的人就少了。说起摆摊修鞋这档事，我想吧，这既是糊口的手段，也是在为人民服务嘛。工作没有低贱和高贵之分。敬业精神，在每种行业都得发扬。可以设想，敬业的人多了，大家的心思都用在本职工作上，我们的社会就会蒸蒸日上，人与人的关系才会进一步和谐。现在，还有少数人对鞋匠、小贩、澡堂的服务员存有偏见和歧视，这是不应该的。这次市里给十位优秀的市民颁发了‘见义勇为’奖，其中有不少是坚守在平凡岗位上的劳动者，我这里再一次向他们致以崇高的敬意……”

阿树手持着微型录音机，痴痴地望着身边的“鞋匠”，一时竟问不出话。他太惊讶了，连一位普通的劳动者都有如此明晰、畅达的思考，口才又这么出色，难怪该市的精神文明建设搞得如此好。

阿颖和阿树是一对恋人，当他俩把采访的内容互相交流一下后，马上意识到，他们把两位被采访人的身份给互换了。这对记者情侣，一方面对自己的鲁莽而懊恼，另一方面对采访饶有风趣的戏剧效果甚感欣慰。原来丁金和丁今除名字谐音，年龄也相仿，但两人的气质和风度有异。丁今部长更像位普通劳动者，人瘦削，个子偏矮，休闲的着装透出朴质、亲和，平易近人；而丁金鞋匠，西装革履，相貌堂堂，人高马大，方脸大耳，眉粗浓、眸发亮，更像个官员。当然使人误断的还有他俩的名字：丁金和丁今。两人站在一起，多数人会估计丁今部长才是鞋匠。

数天后，阿颖和阿树联袂写下了题为《鞋匠和部长》的特写，同时由报纸刊登、电台播出。这篇特写，生动而简洁报道了丁鞋匠的事迹，披露了记者对他俩身份误断的趣闻，文尾还揉入了“用‘常识’断事不一定准确，‘常识’也会闹笑话”的哲思。

翌年，阿颖和阿树的这篇作品分别获得青年报社和省电台的好新闻一等奖，这是后话。

关系融洽的背景

史君刚来综合科工作时，办公室的几位同事先后同他谈过话。话题和自行车有关。

“小史，你丢掉过自行车吗？就是说被人偷掉过自行车吗？”——“没有。”

“你已经快30岁了吧，一次都没有丢过车？”——“没有。”

“那你家里的人有失车的吗？”——“也没有。”

每每这类话题聊过后，办公室里就静寂下来，大家脸部的表情也趋于严肃。史君真不懂，他讲的全是真话呀，为什么这些老同志会用近似不友好的目光打量他？

这些天下来，史君埋头本职工作，但不曾忘记主动地多干点打开水、擦桌子、扫地之类的杂事，也不曾忘记对科里的老同志多多表达一位新同志内心的敬意和歉意。可是不知怎么搞的，他的亲近未能得到大家的响应，似乎总有一个什么玩意儿妨碍了同事们对他的理解。

一天，综合科办公室的空气非常活跃，笑声不断，各位的关系特融洽，互递香烟，互添茶水。史君则被大伙儿“小史、小史”地唤，声调热情之极，实为罕见。

原来，昨晚，史君的一辆仅用过半个月的新赛车失窃，价值900多元呢，又未参加车保险，惨了。史君的家住4楼，新车是放在底楼的独家车库里的，门上的狼牌大锁也被窃儿撬了，维修一下，又得花去不少钱。

事情非常简单，综合科办公室的另外8位同事，全都失窃过自行车，且都在3辆以上，有一位老科员甚至在三年里陆续被偷去8辆之多。

在以后的岁月里，史君又被窃贼偷去一辆全新的自行车。值得欣慰的是，他一直和办公室的同事们相处得很好。自然的，他的那几辆新车再也没有能找回来。

水喷事件

一日，K局综合办公室的七八位同事谈兴特浓。缘于附近工地上那段裸露的水管突发性地出现一小缝，致使水喷激烈，形成喷泉奇观。

赵君说：“这‘喷泉’真是太美了！”

钱君点头：“抒情得很哟，也算是免费大饱眼福呵。”

孙君接话茬：“绿地、水喷，好一幅天然水彩画！”

李君甚至站到窗口，朝水喷处微踮双脚，作眺望状：“可惜天还不怎么热，若天热的话，水喷就有降温防暑之功效。”

接下去周女士、吴女士和陈君也耐不住寂寞，纷纷对“喷泉”作了赞美诗般的褒奖。

翌日，那“喷泉”非但没有枯竭，反而又带出另一处稍微小一点的水喷，同样不乏气势。

综合办公室内谈兴仍浓，但对“喷泉”的感情似乎淡薄得多了，渐渐由褒转为贬。

赵君的脸色有点冷峻：“现在的人啊，都过着富日子哟，大手大脚的派头真叫我受不了。就说这水……”

钱君喝了一口茶：“就说这水管吧，要漏掉多少水？是自家的水，能这么慷慨地让它这么白白地流掉吗？”

孙君一语惊人：“水是生命！”

李君朝孙君瞅了一眼，叹了一口气：“爱惜生命……爱惜水就是爱惜生命……”

妙语联珠，或庄或谐，戏而不谑。交谈之间，电话铃声不断，可见综合办公室的公务是繁忙的，人也是够累的。

有一个电话是找老马的。此刻，大伙儿才意识到有好几天没见到老马的影子了。吴女士年轻，记性也特好，她终于想起来了："对了，老马同志到省城出差去了。"

老马是综合办公室资格最老的科员了，他的座椅已经"立场不稳"了，再过五六天，他就要退休了。于是同事们的话题集中到老马身上。

"老马呀，是个好同志，好人……"赵君真诚地说。

"是呀，老马同志忙碌了大半辈子，是个闲不住的人。"钱君接着说。

"临到退休，老马还主动去省城，接手那件挺麻烦的事……"孙君的口气褒意浓重。

说到老马，老马就到，还真灵验！风尘仆仆的老马一回到办公室，还来不及一一向同事们致意，就拎起电话筒，拨号："喂，自来水公司吗？请叫刘科长——在我们 K 局附近工地，有两处……"

当天下午，裸露水管的两处水喷戛然而止。"喷泉"景观就这样消失了。

楼下有人喊

平凡生活小区88幢楼的户主们职业各异，身份有别。好幻想的青年蓝领丁海，住在二楼，是个喜欢观察的小伙子。他观察的主要对象是三楼的户主白金先生。

白金先生的年纪三十开外，平时着装整齐，很少有不系领带的时候。他的肤色和体态，是一种身份不俗、收入不菲、文化教养不低的那种类型。

那阵子，楼下草坪上时常有人吆喝：“小白！”白金先生就把头探出窗口，亲亲热热地应诺：“来了！”这期间，丁海和白金先生相遇时，白金先生总是主动与邻居打招呼，还驻足聊聊家常，脸上逗留着稚朴而亲和的微笑。

大约是三年前吧，楼下草坪上有人吆喝：“白科！”白金先生照例把头探出窗口，应诺：“来了！”不难推断，白金先生升任科长了。丁海和白金先生路遇时，白金先生脸上的微笑就短暂得多了，寒暄也不过是几秒钟。

接下去的日子，楼下草坪上有人吆喝：“白处！”三楼上的窗口不见有人探出头，但应诺声是很洪亮的：“来啦！”丁海和白金先生相遇时，白金先生的脸色很冷峻。丁海注意到，白金先生眼眸里的神情非常淡漠，似乎不认识他。白金先生官运亨通，在一个很有分量的部门任处长了。

开春的时候，楼下路道上有人吆喝：“白局！”与之伴奏的是一阵小轿车的喇叭声。三楼的窗口就没有动静了，但楼板上的脚步声稳重笃定。白金先生升任局长了，他的眼镜换了一副金丝边的，更显气派。丁海和他相遇，他只是颔首，脸上逗留着若有所思的神色，脚步匆匆的。

再后来，没人到88幢楼前来吆喝白金先生了。因为白金先生迁址了，据说他家搬到本市最豪华的锦花别墅小区了。

秋季里的一天，丁海在步行街上溜达，突然有人拦住他：“丁海同志，老邻居，哪里去啊？”

丁海抬头一看，见是原住在他家楼上的老邻居白金先生。几年不见，白金先生的仪态变化很大。他衣着朴素，脸色有点憔悴，以前那种儒雅和稳笃气派全没了。他热情地邀请丁海去茶室喝茶。这还是第一次。

在白金先生断断续续的不免有点沮丧的自述中，丁海了解到，这几年这位老邻居在宦海浮沉，很不容易。他差一点儿要被任命为副市长了，不知怎么一来，在什么地方“卡壳”了。是经济问题，还是生活问题，他也不明说，总之，他现在所有的职务都被撸掉了。

白金先生自嘲：“唉，我以前的官位是人家吆喝上去的，现在又被人家吆喝下来了。升升降降，回到原地。不过，我白金原来就是老百姓一个嘛。”

丁海说：“无官一身轻嘛，还是当老百姓好。老百姓生活得自自在在呵。”他还说了许多体恤的话，说得白金先生感动不已。

白金先生真诚地说：“我是很喜欢交朋友的，以前只是工作太忙，所以难得和邻居们深聊。嗨，现在不同了，我有的是时间了。”

不久，白金先生一家重新搬回平凡小区，又和丁海做楼上楼下的邻居了。白金先生还时常到丁海家串门，一聊就是大半天。

当然，楼下不再有人吆喝白金先生了，更不会有小轿车的喇叭声在喊他。

神猫

K 局 H 科办公室诸位科员喜欢谈论猫，虽然这个科室所辖事务和动物毫无关联。个中原因是该办公室鼠灾严重：书报乃至抽屉被啃；谁留下的点心时常短缺；鼠屎乱撒。

在关于猫的话题中，数 A 君披露的内容最有趣，什么猫的乖巧，什么谁家的猫无偿为其主人提供“野味”，什么哪位老太太丢失家猫老太太病重待猫归即痊愈，等等。

临近新岁的一日，H 科办公室分得双猫图一张，张贴在大伙儿皆能目睹的地盘——电话机右侧的墙壁上。

此双猫图表面为塑料薄膜，亮度好，立体感强。花猫也，一卧一坐，其态非常温顺。毛色甚佳，栩栩如生，呼之欲出，相当的可爱可亲。更称奇的是，这对花猫的眼眸能随目睹者的视线移动而移动。这恐怕是人的感觉而已。据 A 君分析，这是因为双猫的两对眼睛的瞳仁居中的缘故。

这些天，H 科办公室的空气空前活跃，当然全因为墙上的这对花猫。轮番品赏，轮番侃猫。后来的话题集中到鼠灾上。

人们渐渐地把墙上的花猫视为“神猫”。人们渐渐地有了一个共识：鼠的活动停止了，有种种迹象可以佐证，诸如书报乃至抽屉不再“受伤”、点心不再短缺、鼠屎业已灭绝。

A 君的叙述就更生动了。他前天有急事要办，在办公室加班伏案至半夜，也未见有鼠来打扰，而以往鼠在白天也敢跨越他的脚背。

于是，众科员对年历画上的双猫，便有了些许敬畏的心态，在搞清洁卫生时，扫帚、抹布的挥动格外温柔，以免伤害和亵渎了这双神猫。

直到这一天，人们才有了另一种见解——

K 局围墙隔壁是财大气粗的 S 公司。数月前，S 公司进了大批极有价值的食品，诸如胡桃、火腿、香肠、腰果、红枣、海蜇，等等，为职工过个丰裕的春节早做准备。仓库就暂设在和 K 局 H 办公室一墙之隔的三角形房间。一日打开门一看，美食损失惨重。小鼠一群又一群，鼠窝居然做在食品麻袋和纸箱里。而这批美食进三角形房间的那一日，正是 H 科办公室分得双猫图的那一天。

这个残酷的消息是 K 局的 N 秘书提供的。因为发放双猫图年历画是他经手的，而他的夫人就在 S 公司供职，那天她曾被临时抽调去办理登记储藏食品之事。两方面的日期是对得拢的，是有据可查的。

N 秘书还是位业余动物学家。他无情地告诉 H 科办公室的同事们说：年历画上的那两只花猫是波斯猫，其价格极其昂贵，但是习性从不食鼠，只供观赏；波斯猫的眼睛也有异，一眼蓝，一眼黄。

经 N 秘书的提醒，H 科办公室的全体同仁才看出墙上的双猫眼睛的颜色果然各自有异。

瞠目结舌。大惑，后大悟：画片上的猫是镇不住老鼠的，鼠灾的结束乃因鼠们有了更美妙的去处而已。

不久，新春莅临，大家就不再谈猫了。A 君提议：谈波斯湾。于是关于波斯湾的话题，逐步地热烈起来，以致波及 K 局的所有办公室。

南风拂面

管之眨了眨眼，眼睛依然酸涩得很。有风拂面。凭脸颊的感觉，他人辨出，此刻刮的是南风，风力约三级。

他真想倒下睡一个美觉。为了追捕代号为BA狼的犯罪嫌疑人，管之已经三天三夜没合眼了。想不到这个BA狼在外埠绕了个大圈，又出现在本城。

BA狼在一家小商店买了一包香烟后，迅速钻进了黑黝黝的深巷。这个家伙是个屡次作案的盗窃高手。前几天，他偷盗了7778厂警卫班的一支手枪和五发子弹，仓皇逃窜。没有一个角落会令他感到安全。于是他曲里拐弯地又返回案发地，想打探点消息后找个地方藏身。

BA狼的踪影忽隐忽现于一个老屋和新楼交杂的住宅区。他是个壮实粗犷的青年汉子，黑黑的脸盘上那双莹莹烁着亮点的眼眸警觉地掩盖着内心的惊恐。

黄昏时分，BA狼出现在一幢水泥结构的四层楼的屋顶上。

管之即刻跃上了那个了如指掌的平台屋顶。这个青年警官和BA狼南北而立，东头是个小阁楼的窗口。他们两人的位置和小阁楼窗口的位置呈等边三角形的三点。

风由南向北，一阵比一阵强劲儿，还夹带着些许沙尘。

管之举起手枪，甚感无力，手臂有点颤抖。这瞬间，距十来米之遥的BA狼也举起手枪，对准警官，食指力逼扳机。

“爸爸！爸爸……”一个小女孩撕心裂肺的呼喊从那个小阁楼的窗口里飞迸出来。

BA狼的神情霎时骤变，愣愣怔怔，身子微倾，扭头朝窗口方向望去，手一松，手枪颓然落地。

管之拉枪栓，鸣枪示警，BA 狼双腿战栗人趔趄。

管之飞扑过去。BA 狼束手就擒。

BA 狼罪有应得，被判处有期徒刑 15 年。当然，如果他那天在平台屋顶上开枪伤人的话，很可能会被判处极刑的。

宣判结束后，管之问 BA 狼：“当时，你手上的枪为什么会突然落地?”

BA 狼惨然一笑：“我有个女儿，今年五岁。那天，恍惚间我以为是我的女儿在喊我，我已经好多天没见到她了……”

管之的脸上有了笑意：“窗口那边是我岳母的家，我的女儿和她外婆一起住。那瞬间，女儿认出了我……”

“我想，是你的女儿救了我，使我免于陷入绝路。”BA 狼怔怔地说，他的脸上满是悔意。

管之点点头，又摇摇头：“是我女儿救了你？确切地说，是风——那天黄昏时刮的是南风，我和你是南、北而立。”他的口吻带有点嘲讽的意味，眼神却是真诚的。由于风向传声的角度关系，他女儿的呼喊被南面的风刮至立在屋顶北端的 BA 狼，而站在南端的他却听不到。如果当时他听到了女儿的呼喊，情况的变化就有点微妙了。他想向 BA 狼解释，又觉多余。

“这么说，那天你没有听到你女儿在呼喊你?”BA 狼万分惊诧地问。

管之严峻地颔首，把警帽端正地压在头上。他朝门外走去，蓦然回首，脸上荡满了柔和的笑纹。

后来，BA 狼在狱中表现不错。据说他有个怪异的习惯：时不时地在地上或纸上画个等边三角形和一只纸风车，脸上的表情时而迷惘，时而神秘兮兮的。

夜宿者

杜致远有许多乡下朋友，都是在县报当记者那阵子相识的。这些朋友中，有村主任，有普通村民，有儿童，也有老者，更多的则是这些人的亲戚或亲戚的熟人。

由于他作风踏实，佳作迭出，三年前被中央一家大报驻省记者站看中，成了省城人。杜致远的家人在老家县城，他一个人在省城住，精力都用在工作上，撰写的新闻稿屡屡获奖，名气也越来越大。这样，登门造访的人更多了。那一拨客人，数老家鸡鸣村的乡亲最多。

这些年，鸡鸣村变富了，乡亲们出入省城是常有的事。联系业务、观光旅游、打工中转，少不了来他的寓所转转，捎带点儿土特产，聊聊天。他只要人在省城，都会热情接待。有时找旅馆不方便，客人就在他家借宿。他书房里那两只钢丝床，就是专门为客人们准备的。

一日，来了一位夜宿者，是鸡鸣村护林员老桩头的儿子阿椿。阿椿30多岁，在村办农家乐园当经理，因举报村干部集体贪污的事遭到打击报复，连经理的位子也被撸掉了。说起阿椿的父亲老桩头，还是杜致远的救命恩人。那年，他来鸡鸣村采访，不小心落入深崖，身受重创，命在旦夕。当时护林员老桩头正在林中巡察，发现有人跌落崖底，便去营救，硬是驮着他翻山越岭送到乡医院。所以，杜致远对阿椿的感情自然就更深一层。

杜致远和阿椿细谈后，安顿他睡觉，自己就挑灯夜战，把阿椿反映的情况写成内参。不久，有关部门就查处了这件事，村主任、副主任等一批村干部被惩处，那个满腹肥肠的村主任还被移送司法部门，后获三年有期徒刑。村民们点燃鞭炮庆祝。

那天，阿椿又来拜望，还带来好多礼品。杜致远只留下一包茶叶，别的都折算成钱给他。阿椿自然不依，主人就板着脸下逐客令。阿椿只好照他的意思办。这一夜，两人都睡不着。杜致远勉励他在村里好好干，还说，这天底下好人受气总是暂时的，坏人总有一天会遭报应；还说，要当个好人不难，难的是一辈子当好人。阿椿对杜记者一向很敬重，加上他撰文为鸡鸣村伸张了正义，更添一层感恩，觉得他的话句句有道理，连连称是。

后来，阿椿当上了村主任，村里的经济复苏了，他闻悉后，自然十二分高兴。

两年过去了，阿椿来他寓所投宿的次数明显少了。这天，杜致远下班回到寓所，心情有点沉重。有几位鸡鸣村的村民来他办公室说事，让他牵肠挂肚。

夜深了，他仍没有睡意。外面风大雨大。突然，他家的门铃声响了。他披衣去开门，闯进一个浑身湿透的男子。定睛一看，是阿椿。阿椿失魂落魄："杜记者，打扰了！"

"怎么，一个富裕村的村主任连旅馆也住不起？"杜致远打趣，递给客人一块干毛巾。

阿椿央求道："我只住一宿，天亮就走。"

杜致远问："出事了吧？"

阿椿一惊："你也知道了？"

杜致远说："你名气这么大，还会有谁不知道你！"

阿椿打开随身带的密码箱，取出一叠大钞："这 2 万块你先拿着，是谢礼。等我出去稳当了，再汇给你 10 万，怎么样？"这个阿椿，比前任村主任还坏，两年任上，只安分了半年，就败下阵来，无恶不作，贪污受贿，乱搞女人，把好端端的集体家业弄得乌七八糟。他携巨款出逃后，警方发出通揖令。他走投无路，投宿旅馆怕露馅，只好来找杜致远帮忙。

杜致远劝他去自首，客人却执意要走。他用了个缓兵之计，暂且稳住投宿者。待阿椿睡着后，他在被窝里给一位刑警朋友发了报警短信。

一支烟功夫，110 特警就来了。阿椿被铐上手铐时，浑身发抖，却不忘回敬主人："杜记者，我看错了你，我老爸更是看错了你……"

杜致远的表情很复杂，看阿椿走出楼道，大声说："阿椿，走好噢，等你重新做了人，欢迎再来做客，这里的钢丝床还为你留着，我说话算数。"

硬拳胡宗葆

我和胡宗葆曾是邻居。他的身体一向瘦弱，戴一副酒瓶底镜片的眼镜，背有点驼。天未冷，就早早穿上棉袄；天一热，便露出一身“排骨”。为此，我时常调侃他，他从不见气。

后来，他调到W局当文书，家也搬了，我们就很少见面了。一天，两人邂逅。他显得很高兴，拖我到“同丰楼”干一杯。我自然愿意奉陪。

酒喝了一半，雅楼躁动起来。邻桌的那几位时髦郎把送菜的服务员姑娘“盯”住了。

服务员姑娘斥之。时髦郎甲举拳欲挥。

胡宗葆蓦地站立喝令：“住手！”

时髦郎甲掉转拳头，朝胡宗葆的瘦肩来了那么一下。

胡宗葆趔趄：“你们无知……无知识……可叹！”他的脸涨得通红，气愤得不得了。

时髦郎乙跳将过来，举拳。胡宗葆被迫用拳挡之。

时髦郎乙痛得哇地喊起来：“硬拳，小弟冒昧，请包涵……”

这伙时髦郎弃席狼狈撤走。

胡宗葆慨然举杯：“干杯！”

我惊讶极了：“你……练气功了？”

胡宗葆否之：“没有。”

我声称要拜他为师，他以为我喝醉了。

半个月后，我有事去W局。事罢特意去看望他。

胡宗葆热情地为我沏茶。他和另三位同事合用一办公室。他的坐椅背面是道水泥墙。半人高处有一凹进去的潭潭。

突然，桌上的电话铃响了。

胡宗葆从容拿起听筒："……嗬，叫李……"他的右手握拳，指关节对准水泥墙的凹处，擂了三下。

即刻有一青年走进来了，拿起电话筒："喂……我是李……"

少顷，电话铃又响了。胡宗葆提起话筒一听，放下，拳头朝墙壁击了两下。一位女同胞来听电话了。

我愕然，要求解释。

胡宗葆解嘲地笑了："我们这儿来电话特多，隔壁经济科的那几位的电话更多。以前有电话就豁开嗓子喊人，后来喊多了，嗓子不怎么好使了，就想出'击墙'法。但击几下是有讲究的。"

我恍然大悟，他的硬拳功就是这么练出来的。

猛地，电话铃又响了。

只见胡宗葆从容提起话筒："喂，找谁？……好的，您请稍等会儿。"他照例举拳，朝墙上擂了四下。

走廊上响起步履声。

"我来了！"一个高亢的应诺冲了进来。

梦呓的后果

一天，荷乡供销社的钱柜被撬，两万元现金不翼而飞。警局来人查了几天，暂时没有结果。

其实，这笔钱是该乡柳村的单身汉阿愣屠夫窃去的。村人只知道他好酒、好赌，却不知道他还有这一手。他作案的手段非常精明，不露半点儿蛛丝马迹。阿愣屠夫有一天和老同学阿克君对斟，半醉时不无自豪地透露出这个秘密。阿克君是个讲江湖义气的人，不作计较，只是劝他以后别再干这种不体面的事儿就作罢了。

供销社的老会计就住在阿克君的隔壁。那天半夜，老会计被一阵声响弄醒了。只听得隔壁的阿克君在长吁短叹，灯却是黑的。

翌日，阿愣屠夫便被拘捕了。在他家的米缸底下，查获藏匿在里面的赃款两万元。证据确凿。阿愣屠夫被判三年有期徒刑，罪有应得。

三年后，阿愣屠夫出狱了。换了“脑筋”，换了人，不再赌博，手脚也干净了，还娶了老婆，过上安分而幸福的生活。

这天，阿愣屠夫在集市上相遇了迁居县城的阿克君，紧紧握着阿克君的手，连声说：“老同学，谢谢你，谢谢你。”

阿克君被弄得莫名其妙。阿愣屠夫说：“你呀你，看你这个赖记性，我是阿愣呀。那年多亏你举报了我，我才有了新生……我不记恨你，应该好好谢谢你。走，去我家喝上一盅。”

酒是喝了，谜仍未揭开。此时正好阿克君昔日的邻居老会计路过阿愣屠夫的家，被阿克君瞅见，邀他进来小坐。

阿克君向老会计说出了自己心中的疑虑。

老会计一拍大腿，说：“那还用说，真相当然是你说出来的！”

阿克君越发糊涂了，辩解道："不是我，我不曾和谁说起过阿愣那糟事。"

老会计眨眨眼，对老邻居阿克君说："那夜我一觉醒来，发觉你在长吁短叹，少顷，你说话了：'哼，阿愣，你干屠夫这一行，不是蛮好的？为啥要做'梁上君子'？怎么，你还要抵赖？你家的米缸底下还藏着两万元钱。你再不去投案自首，我要和你动刀子了……'我吓得要命，连夜去乡里报了案。"

阿克君听了这话，像是受了不白之冤似的，急得满面绯红，说："竟有这种事，笑话了。莫非是我在熟睡时做梦，说梦话！梦里吐真言嘛……"

老会计想了一下，说："这是极有可能的。"

阿愣屠夫和阿克君顿时目瞪口呆。

还是阿愣的娇妻机灵，见大伙儿像木头人似的愣着，"噗哧"笑出声来："这是咋搞的？喝呀，酒里又没有放迷魂药。阿愣呀，你的老同学阿克君，想必是'幽默大学'毕业的，连'梦呓'都那么的幽默。"

阿愣屠夫心里一激灵，脸上笑纹舒展，说："嘿嘿，对对，夫人所言极是。快喝快喝！那些陈年旧芝麻，就不必再去琢磨了。我阿愣已重新做人，心里不知有多舒坦，嗬嗬。老同学，让我们的友情长长久久!"

又上来一道佳肴——醉虾。

美酒飘香。

"干!"一阵脆灵灵的碰杯声。

第五辑

市井实录

潇洒的手势

在孩儿巷长大的G君，文化程度相当于初中毕业，做过泥工、木工，卖过棒冰、瓜子，收购过破烂，蹬过载客三轮车。这段时间，G君在市图书馆做勤杂工。可以想见，他的这种职业，想看看书、翻翻报纸，实属近水楼台，是极方便的。

邻居们确实时常目睹G君下班回家，挟着厚厚的书籍，翌晨又挟着厚厚的书籍去上班；偶尔串门，也确实看见他在灯下潜心读书、做做笔记什么的。但据他过往甚密的哥们儿透露，时下，G君已经非常熟练地掌握了一种现代味极浓的、极其潇洒的手势——把厚厚的书籍横放案前，两手飞快地翻动书页，就像点钞票的那种架势。

一天，G君真的向邻居们表演一阵那种潇洒的手势——一本500多页的书籍，全数点翻完，只需花30秒的时间，令人叹为观止。有一次，他点翻几本300来页厚的书，发现复核后的页数和实际页数有误差，究其原因，有一本是印刷厂装订差错，另几本是借阅者不文明的行为所致——为留份资料或插图而撕下整页。这种情况被馆长知悉后，当众夸奖了G君，还叫他兼任出借图书的书页查找工作，另外加了他50元的月薪。

过了一些日子，G君翻书页的兴趣更浓了，借回家的书籍也越来越厚。他有时会产生幻觉：自己变成大款了，而这些厚厚的书页则幻变成大面值的纸币。他点书页的手势，洒脱之极，操作时眼眸放光。那天，G君有机会参加图书馆偶尔举行的酒宴。当菜肴尚未上桌的空隙，他端坐着，居然在空无一物的情况下捏动左右手的食指、中指与大拇指，扭动频率之高，实难形容。同事们问他：你这是在干啥？他傻笑，答：点钞票呀。同桌的人免不了说他想钞票想得拎不清了。

世界真精彩。事情有时潜伏着戏剧性的变化。不久，G 君和一位知心好友南下。好一阵没有音讯。四年以后，他重返家园，右手拎着一只豪华密码箱。密码箱里装有一大叠一大叠的大面值钞票。

亲友们和邻居们终于知道 G 君做生意发了财，纷纷向他借款。他倒也挺慷慨的，一一予以满足。只见他飞快地点着纸币，准确无误地把求借者所需数目的钱分理清楚。

至此，人们才恍然大悟。原来 G 君早预料自己日后准会发大财，就超前作了点钞训练，有趣！

更有趣的事还在后面。G 君向市图书馆捐赠 9000 元的同时，还当着图书馆全体工作人员的面，露了这么一手：拿过一本 1000 多页的新书，略加熟悉后，在 300 页、500 页、800 页上用手抚摸一下，随后，任意要他翻到第几页，他都能准确无误地一次成功。当然，这种绝活，是他在南方做生意之余刻苦练就的。

馆长看得目瞪口呆。

有人要 G 君翻到第 888 页。G 君点颔，一笑。书重新合拢。他左手操作——大拇指压在封面上，食指尖在书上端的露面上轻轻摩挲，随后用中指一挑，书打开，左边书页的页码数字正是“888”。众人啧啧称羡：好潇洒的手势！

阿陶的奖金

阿陶猛地醒来，两耳嗡嗡直响，随即便听到了车间机器的轰鸣声。他四下里看，并不见车间主任王永泉的影子。各人都在忙碌着，谁也不曾注意到他的失态，最要紧的是机器运转正常，一切都没有问题，他才稍稍舒了口气。不过，他的心仍止不住怦怦直跳。

最近，阿陶在离家8公里路的那个鲫鱼湾垂钓处于最佳“竞技状态”，使得他母亲的烹饪技术也大有提高。上大夜班可是他的黄金班——整个白天，以及晚餐后的四五个钟头，全由他自由支配。白天跨上“飞鸽”，飞奔垂钓胜地；晚餐后几个朋友一聚，情绪高涨“垒方城”，当然，他们有君子协定：小弄弄，输赢均能让人承受得了。只在中午，他才在母亲的催迫下上床养神、眯眯眼。

天露晨曦。下班钟声响了。阿陶精神大振，哼着小调直往厂门口的车棚方向冲去。

“阿陶，你等等。”站在小道旁的王永泉喊住他。这个身体魁梧、很有魄力的车间主任，有句话要托阿陶转告他的邻居。

阿陶止步，发现王主任的目光有点严峻。他马上想起前不久做的梦，那是吉祥之兆啊。告诉他，让他高兴高兴。

“王主任，我做了一个梦，梦见你‘竞聘’成功，要当咱厂的厂长了。我的梦是很灵验的。要请客哟。”他没大没小地拍拍年纪比他大一倍的王永泉。

王永泉笑道：“噢，有这样的事？啥时做的梦呀？”

阿陶挠挠头：“大约个把小时前吧。记住呵，要请我喝酒呵。”

王永泉把托他传话的事说明后，眨眨眼：“你的梦我记住了，阿陶……”他还想说点什么，被门卫招呼去了。

不久，王永泉真的在激烈的竞聘中胜出，当上了荷城化肥厂厂长。

此时段，阿陶已转成日班了。一日，他路过厂长办公室，见只有厂长一人在，就闯入，笑嘻嘻地说：“王厂长，请客！”

王永泉厂长一愣：“什么？阿陶你说什么……”

于是，阿陶认真复述了半个月前的那个梦。

王厂长闻言哈哈大笑，眼光亲切而狡谲：“嗬嗬，你不提我倒忘记了。好，好，我会给你一个交代的。”

发月度奖的日子到了。阿陶大吵大嚷。原来，他上个月的奖金比车间同事中最高的数目少四分之三，比他原来设想的少二分之一。

他拖着车间新任主任：“你、你，克扣我的奖金，去，找厂长评理去！”

新主任掰开他的手：“阿陶，你知足吧。你上个月的奖金本来是要全部扣除的，考虑到你能主动两次谈出自己的问题，‘从宽发落’。这是厂长特意关照的。”

“我有什么问题？笑话，还两次？你们这是欺侮人！”阿陶继续嚷嚷，意气难平。

当夜，在全厂职工大会上，王永泉厂长作了题为《加强劳动纪律，确保生产安全》的报告。他的嗓音洪亮：“……我顺便说一说，咱们厂里有些青工，四肢发达，头脑也简单。平时不注重提高自己的文化素养不说，连做梦也不注意场合。上班睡觉，这是不允许的。出了安全岔子，谁负责？”

阿陶听之愕然。细想一番，恍然大悟。他使劲儿抓挠自己的头发，如梦初醒……

睡眠问题

阿硅这小子，就是在睡着的时候，手臂仍在轻轻的舞动……

近几天，他像掉了魂似的，夜夜都“泡”在舞厅里。他四肢发达，舞技却不怎么的，并且总是不见有长进。

不过，阿硅也是有收获的。有一位妖艳的，胸脯极丰满的女郎开始向他飞媚眼。遗憾的是，那位女郎并没有挨近他的意思。他呢，自惭形秽，缺乏相邀成舞的勇气。

有一次，那位女郎坐在圆桌旁小憩，用细塑料管吸着瓶里橙色的橘子水，一手轻轻叩击桌面。她的风姿之典雅，倩影之娴美，惹得隔桌而坐的阿硅痴久相望，以致那些红男绿女移步时踩着了他的脚他都不觉得。要知道，他是单身汉——白天，在厂里烧锅炉，一人当班；下班回到家里，也是孤独一个人。他尝够了寂寞的滋味，渴望热闹，渴望友情，渴望被人了解和了解别人，自然也渴望丘比特之箭能射中他。

舞会终于散了。

阿硅在街头踯躅。突然，他的眼睛一亮：那位叫他过目不忘的女郎朝他走来了。金项链、玉手镯，细眉、红嘴、杨柳腰。她和他擦身而过，猛回首，朝他嫣然一笑，然后顾自走进一条小巷。高跟鞋发出橐橐橐的声响。

他忍不住悄悄跟在她的身后。小巷越来越幽深了。此刻，阿硅的身上，一种可怕冲动在聚集力量。他追上几步，抱住那位令他神牵梦绕的女郎，用满是胡子的嘴去吻她的脸，手极不老实地舞动着。

女郎大喊：“救命……”

这当儿，冲进来几位警察。

枪口对准：“不许动!”

阿硅和那位女郎同时应声倒下。当又一声“不许动”响起时，他抖索索爬起来，举起双手，慌惶环视。

奇怪的是，那位女郎也即刻站起来，把手举过头顶。她上身的衣服被撕裂，半裸着，胸脯平平的，再也没有一点儿曲线。

“豁老鳖，你被捕了。男扮女‘鬼’的把戏该收场了！”持枪的警察威严地说。

亮锃锃的手铐锁住豁老鳖的双手。假女郎被带走了，阿硅却被晾在一旁。

小巷空空荡荡，悄然无声。阿硅欲走，被地上的一件软不拉几的东西绊了一下。弓身捡起，辨认出是一对肥笃笃的模拟“乳房”——硅胶制品，那是豁老鳖用来丰满胸脯、仿真女人的。他顿时吓得灵魂出窍，双腿筛糠，瘫软在地上。

阿硅醒了过来。原来是个梦。荒诞的梦。虚惊一场！他轻轻地吐了一口气。

他揿亮床头柜上的台灯。床头有本封面印着一个半裸女郎的杂志，那是他用高价在一个秘密“地摊”上买来的。里面载有一篇题为《疯狂的男性舞后》的艳情小说，他在临睡前曾有滋有味地品读了一遍。

他的心还在怦怦直跳。“见他妈的鬼！”他披衣而起，把这本“野路”杂志一下撕成几瓣。他点燃一支烟，也点燃了那堆碎纸片。

阿硅苦笑着摇晃着头，上床，仰躺。冷寂的小屋，重又发出沉沉的鼾声……

出言不慎

刘慈济君所在的单位即将破产。尽管如此，天性乐观的他依然不改往日的脾性：逗人乐。他逗人乐的一贯做法，是说一些羡慕和夸耀别人的话。因为他是个好心人，即便有时候嘴碎，也很少招人烦。

一天，刘慈济君去朋友家做客，看到先他一步的一位女客身着黑装，就称赞她："嗬，你的肤色白皙，宜穿黑色服饰，典雅、庄重，甚至有种悲情之美。谁能不为之心动呢！一年四季穿这类黑装都是合适的，穿三四年都不会腻的。"

那位女客被他说得很尴尬。朋友马上出来打圆场："慈济君，你不太了解情况。这位是我爱人的同事，她其实是喜欢穿红装的。只是因为其父故世，才穿黑装。如戴孝访友是不宜的，所以穿黑装，即表达悲情之意，又不唐突主人家。"刘慈济君讨了个没趣，闷闷地搭不上腔。

又一天，他去一位老同学家小坐。主人家的桌上摆着一张蜡笔画。他随手拿起来欣赏，赞誉的话脱口而出："美哉，儿童画，我特喜欢。孩子的聪慧与否就看这个孩子喜不喜欢画画，画画的潜力越大其智商的开拓前景越好。所以说，你们要好好培养噢。说一句实在的话，不喜欢美术的孩子是没有出息的。"

老同学说："你说得有点道理，但也不能绝对化。孩子的兴趣是多方面的，比如算术，比如天文，比如体育。"刘慈济君哈哈大笑："你的孩子一定有出息，这张画太有灵气了。"

老同学听到这里，脸顿时涨得绯红，而老同学的夫人也听到了客人的宏论，拎起拖把就开始拖地，弄得刘慈济君在短时间内移了好几次位置，并且脚上的皮鞋都被金蛇狂舞般的拖把弄得湿淋淋的。

原来，桌上的画是楼上邻居家的小女孩画的。主人家小男孩的弱项就是画画。这张画是小女孩提供给小男孩作模仿的。刘慈济君知情后，还没喝上一口茶，就狼狈告辞。

又有一次，在一位同事家，刘慈济君看见一位坐在窗前看书的少女。少女是同事的女儿，正在读大二，长得很漂亮。她穿着盖过鞋跟的长裙，端庄而文静。在宾客聊谈之际，少女曾站起身，在客厅和小卧室间走动过几次。刘慈济君目测相当准确，估计这位少女身高不低于一米六五。

刘慈济君在品尝了主人家提供的几块优质西瓜后，说出的话也和西瓜一样爽甜："现在呵，女孩子在社会上立足，不是太容易，除了有大学文凭外，相貌、身材都很重要。一般来说，女孩子个子不到一米六零，几乎很难找到称心的工作。这种用'高度'来取人的做法，当然不对，但这又有什么办法？人家用人单位选择的余地大嘛。人才多，供大于求嘛。"这番话，本意是很明显的。因为客人估摸这位女孩各方面的条件均很优异，想恭维几句，也含有赞赏的成分。谁知，小卧室里传出一阵哭泣声。原来同事的女儿身高只有一米五九，她此时是穿着特高的松糕鞋，足足把她提升了8厘米。

主人就只顾去安慰宝贝女儿，无心陪客。刘慈济君只好灰溜溜地走出同事家。

单位里要破产的风声越来越紧，刘慈君的心情也变得沉重起来。当然，他变得郁闷还和那一连串由于自己出言不慎弄得狼狈不堪的拜访有关。

非常晴朗的一天，刘慈济君得到了一个赴宴的机会。他和一位职务不低的官员同桌。这位官员相貌堂堂，大腹便便，就是不太喜欢说话，有几分官架子。几杯酒下肚，刘慈济君的心跳加快，说话的兴致又高涨起来。他举杯和那位官员碰杯后，说："这位先生很有官相，职务不低于县局级。当官好，当官也不好。当得开心就好，当得不开心就不好！"

那位官员的脸色松动了："你说说，我这个人当官好呢，还是不当官好？如果当了官开心不开心？"刘慈济君说："我看你这么向我提问，说明你当官当到头了。这世上，好官很多，坏官、贪官也很多，你呀，就是属于后者。"

官员正襟危坐："你，你是那个单位的？太放肆了！"

酒宴上的客人都惊呆了，都以为刘慈济君喝醉了，就来夺他的酒杯。谁知刘慈济君提起酒瓶，直灌喉咙，发起酒疯来："多少单位破产了，这难道都是改革必须付出的代价吗？有些国有资产就是流到那些贪官口袋里了，咱老百姓有什么话好说——下岗呗!”大家才明白，他是在发泄人生不济的郁闷和痛苦。谁也不出来拦他，让他口若悬河地把心中的不爽倾诉而出。

过了一个月，刘慈济君下岗了。与此同时，那位和他同过酒席的官员东窗事发，被请进市反贪局。其实，他对这个官员的劣迹早有所闻，只是证据不在他这儿。那次他自然不是出言不慎，而是借题发挥。

不久，市里一家人寿保险公司招聘人员。刘慈济君欣然应聘，做起了保险营销员。出色的口才，加上真诚的心地，为他赢得不俗的业绩。他的收入开始丰厚起来，这是后话。

黑袖章

咱们科室的韩舒先生，四十四五岁。平日里他的话语很少，电话很少，郁郁寡欢，就是说其性格很内向。他曾经有过家室，那是很多年以前的事了。现在，韩舒先生一人独居，在这个风景如画的城市，他没有什么亲戚，旧好或知交也很少。他除了很地道地完成自己分内的工作外，好像不再有别的什么乐趣和欲望。一年四季，韩舒先生衣着随便，很少有精神极振作的时候。也许是这个原因，使得他留给那些有意对他进行目测的女性的第一印象均不怎么佳。这样，他多年未破“光棍汉”之历史便是极自然的事了。

一日，韩舒先生穿起了一套笔挺的米色西装，精神了许多，好似一下子年轻了数岁。同事们对他的衣着变化作了热情有加的夸奖，他听了只是淡淡一笑。

不久，他的左臂佩戴起黑袖章，他的神情里有了一种哀伤的神圣感，这使得寡言的韩舒先生平添了一种与众不同的风采。

他的生活里发生了什么事？因为和黑袖章有关的往往是很忌讳的事件，本人如不主动披露，旁人便不宜多问。韩舒先生在佩戴黑袖章的日前日后，并没有请求单位或同事们帮什么忙，更使这件事弥漫着些许神秘气息。

一天、两天、三天，悄然过去了。韩舒先生只要穿这套西装，就佩戴黑袖章，并且总不见他要拿掉这哀伤之记号的意向。

于是，科室里的六位同事就在紧张的工作之隙猜想开了，并且都是按最动情、最离奇的思路去发挥——

艾君：“沉默寡言的人往往最重感情，很可能是他的前妻故世了……”

彼君：“我见过韩舒先生养过猫、养过鸟，莫非是他宠爱的那只百灵鸟死了……”

栖君："他喜欢花卉，这我了解。说不定是他家的那棵君子兰枯萎了……"

锑君："他不是曾经酷爱写作吗？或许是因为他的一篇什么重要作品被编辑老爷'枪毙'了……"

依君："时下流行买彩票，弄得不好呀，咱们的韩舒先生的一张彩票与'大奖'的号码只相差很小的数字。以此来寄哀思、解晦气也不是没这个可能……"

抚君："你们这些人啊，尽喜欢瞎猜。韩舒先生虽然性格有点怪异，但他的心肯定是常人心。他的哀事还能离开人？依我看嘛，是他以前的一位女友……"

议论还在继续，并且有越来越荒诞的趋势。但答案委实出不来。有几次，同事们的问询差点儿都到了嘴边了，但一瞅见韩舒先生脸上那种哀伤的神圣感，又咽下了肚。

又一日，机关干部参加植树劳动，地点是市郊的云巢岭上。大家挥山锄、舞铁锹，气喘吁吁，大汗淋漓，纷纷脱衣。

韩舒先生尽管文弱，但劳动态度极好，直干得手上起泡、头上热气冒。热了点，他便脱掉西装上衣，把它挂在不远处的那棵小桦树的树丫上。有微风吹来，西装上衣脱落，掉在地上。

艾君好心，随手捡起这件西装上衣。不意手触及黑袖章，发现黑袖章已经移位，露出袖子中段那个火柴盒大小的破洞。此洞口是被小刀戳破的，还是当事人摔倒被厉石撕破的，不得而知。反正那块黑袖章很巧妙地正好遮住了那个破洞。这个破洞损伤的程度较高，要修复这个洞口看来会是个极艰难的工程。

于是真相大白于天下。同事们不免有点悻悻然。但随后几天所发生的事着实让大伙儿惊诧不已。

没几天，办公室经常有韩舒先生的电话，那是个嗓音很悦耳的女声。不久，韩舒先生和一位风韵犹存的中年女子常有约会。没过多久，两人就成了伉俪。有点儿"闪婚"的味道。

据说，那女子最初被韩舒先生吸引、为之动容的，就是他身穿米色西装、左臂佩戴黑袖章的形象。

确实，咱们的韩舒先生穿佩有黑袖章的米色西装，人显得潇洒而深沉，持重而成熟，中年男子的魅力充分展露。正是这种气质，才使他有缘分最终和那位女子结合。当然，这是咱们在品尝了他俩分发的“爱心巧克力”，目睹他俩喜上眉梢的笑脸时，才蓦然认识到的。不算晚吧！

同名之虞

荷城冷冻厂近600余名员工中，有两名员工的姓名完全相同。一位是厂财务科年近退休的女会计朱红莼。她已孙儿绕膝，去年老伴突然病逝，也便成了寡妇。另一位朱红莼是制冷车间的青年女工，芳龄22，容貌迷人，不久前处了一位男友，正在热恋之中。

一日，厂收发室收到两封收信人同为“朱红莼”的信件，收信人地址自然均为荷城冷冻厂，落款处均为“内详”，再无别的细节。收发室的古师傅左思右想，就来了个“平分秋色”，在邮件分类匣里随意各掷去一封信，以示一视同仁。

这两封信是注定要惹出点风波的。

头发花白的老会计朱红莼拆开信，浏览一下，瞬间目瞪口呆。此信是这样写的：“……亲爱的红莼，我的红莼，你是一首赞美诗，你是一只小小鸟……你的美貌，你的微笑，叫我魂牵梦绕。咱们的事，我和父母谈了，并把你的玉照给我爷爷、奶奶看了，他们也很满意。你就答应我吧……我想你想得要死，现在连睡觉也睡不着了。对了，我已为你选购了两条新潮连衣裙，配你的苗条的身材，一定会更加年轻漂亮。这个周末你有空吗？我在老地方等你……”她顿时气得两手发抖，差点儿昏厥过去。

而年轻的朱红莼阅罢信，竟伤心得大哭起来。

她收到的信是这样写的：“朱红莼阿姨，我的好阿姨，那天您到我家来做客，我们全家人都甚感荣幸。我老爸说，您长得并不老相，一点都不像是年近半百的人。我老妈说得更具体，就您至多可算45岁。关于您的婚事，大家都很关心。当然也有个别的人反对您再婚，认为您如果这样做了，会对不起作古的姨夫，也可能会给人一种‘老风流’的印象。当然，这种议论是错误的，您完全不必在意。我举双手支持您好好安排后半辈子的生活。您的幸福您做主嘛。另外，这个月您暂时别到我家来了，因为我们要举家去海南旅游。下个月再会……”

两位朱红莼手持刚刚拆阅的信件，哭哭啼啼在厂工会办公室不期而遇。她俩的目的自然是向厂工会领导反映各自所受的“委屈”，希望厂工会为职工做主，查处制造恶作剧的小人。

厂工会主席老尹阅罢两封怪信，朝年轻的朱红莼瞄瞄，又朝年纪偏大的朱红莼瞅瞅，心一激灵，朗笑起来：“有趣，有意思。”遂互换信件。

两位朱红莼阅罢调换后的信，随即双双破涕为笑。事宁。

发套逗乐

图书管理员康君虽然收入菲薄，但生性幽默，整日笑呵呵的，常开小玩笑以自娱。他头秃，大脑门，智慧型形象。其妻身体婀娜，留齐耳短发，青春味极浓，属活泼、运动型形象。

这天，康君得了150元稿费，便盘算如何消费。路过新开张的发套商店时，他突然灵机一动，买了一个发套。套上发套后，康君顿然年轻了许多。得意之际，他便想回家与妻子幽默幽默。进得楼道，启门，发现小客厅沙发上坐着一位陌生而妩媚女子，康君又惊又怕地上前询问对方是谁，为什么乱闯民宅。此女子留长波浪黑发，闻言放下手中的《意林》杂志，两手叉腰，怒目而视，斥问对方是谁，要他立马退出，否则她就要报警，云云。

康君和女宾互不相让，扭成一团。少顷，康君头上的发套被拽下，那女子的“长波浪”也被扯落。面目真露：那女宾乃是康君的妻子，康君则是那妇女子的夫君也。这对幽默伉俪大笑不已。

翌日，夫妻俩各自戴着发套出门，令邻居们惊讶万分。

禁 果

某日，阿旋君出差南方槟城。黄昏时辰，在小巷口他被一位艳装青年女子轻声喊住："喂，来、来、来，先生您来看看……"

阿旋君身不由己地尾随她。走至小巷深处，那女子拿出几盘音响磁带："这、这是很好的……讲的是性……男的女的听了都会脱下裤子来的。"

她的脸一点也不红，一本正经的。他有点失望，又生出几分遐想。接过磁带盒。盒外壳画面是一位身穿比基尼泳衣的丰腴女子，有点儿刺激味。

"多少钱一盒？"他问。

"50 元一盒，一口价。"她说。

他脸露犹豫之色。她眼一瞟："快，警察来了。你要不要？"她把磁带欲装进拎包里。

阿旋君咬咬牙，买了两盒。

数日后，阿旋君回到家。他在妻子关门浴身之际，兴致勃勃地把磁带装进录音机。按钮一揿，一个浑厚的男高音飘了出来："在那桃花盛开的地方，有我可爱的故乡……"

他有点丧气，又怀侥幸心理换上另一盘。一个委婉的女声荡漾开了："在那遥远的小山村……我那亲爱的妈妈……"

他想关机。妻子浴罢见状，阻："别关，挺好听的。那磁带哪儿买的？"

阿旋君欲言又止，低头叹息。要知道，这两盒磁带在本城有售，每盒不会超过 10 元。

转移愤怒

这天早晨，A局长的夫人上菜市场买菜，她转悠了好久，在一猪肉摊前停了下来。问价，挑选，总算看准了肉板上最里边的那一块不瘦不肥的条肉。她只想弄它一斤，可这块条肉有三斤多，于是就要求那位胖乎乎的肉贩斩下一小块。

“你要么全买去，斩下一小块，那剩下的卖给谁？”肉贩不同意。A局长的夫人就瞪大眼睛：“你这个卖肉的，太不灵活了。你斩不斩？”

肉贩横叼香烟，右手握刀，恶狠狠地说：“你这娘们儿，快滚，别惹我发火！”

A局长的夫人哪吃他这套，手直指对方的脸，斥道：“怎么的，你想在老娘头上动土？”

那肉贩把刀往一个猪脚爪上斩去，又提起刀想从肉板间隙挤出：“动土？哼，我要动刀！”

A局长的夫人见他要动真格儿，慌忙撤退，嘴里却恼火地嘀咕着。

A局长昨晚睡得迟，刚起床，见夫人空篮而归，有点困惑，问：“忘了带钱？”

夫人骂道：“忘你个魂啊！”

A局长横眉冷对：“一早发什么火？老发火，有害健康。”

夫人不买老公的账，回击：“健康？你这个缩头局长要健康？去泡妞？包二奶？”

A局长甩门而去：“更年期的女人不可理喻！”

单位里的人忙忙碌碌，进进出出。B副局长叩门。A局长拿下报纸，露出毫无表情的脸。

“是这样的，环美公司发来一个请柬，是一个项目认证会，你去还是我去?”B副局长轻声征询。

“你想去你就去，还问我干啥?以后有这种活动，你都包了吧!”A局长冷冷地说。

B副局长听出话中有话，不悦地回应：“你这是什么态度?我是你的副手，不是你的副官，A局长大人。”

A局长听后提起茶杯往桌上重重一掷：“大人?我是大人，你就是小人啰，请注意文明用语。”

B副局长把请柬朝空中一抛，气喘吁吁地离开，回头大喊：“A局长，你今天中邪了，一定中邪了。”

B副局长回到自己的办公室，越想越不爽，此时正好设备科的C科长路过，见他的办公室门开着，就站在门口说事：“刚才接到一个电话……”他的话未讲完，就发现B副局长阴着脸走过来。

B副局长看着C科长，良久，他说：“你不能进来说吗?你的脚有毛病?还是我的座椅上有跳蚤?你要给我说清楚，不说清楚不能走!”

C科长愣住了，那个电话的内容也记不起来了，他用手挠挠头发：“真是见鬼了，你怎能这样说话?太令人失望了。堂堂一个有研究生学位的副局长，倒像黑道中人，失败啊，失败啊。”

C科长回到设备科，还在生闷气，那个电话的内容却始终记不起来。老资格的D科员正等着他有事汇报。D科员有点心急，开门见山地说：“需要采购的清单已列出来了，请过目。”

C科长问：“你在对谁说话?”

老资格的D科员答：“当然是对你说喽，C科长。”

C科长反诘：“怎么开头没有称呼?以后说话要注意顺序。你先吃中饭才吃晚饭吧，总不会先吃晚饭再吃中饭噢。”

D科员临走时掷下一句话，回敬：“你出言不逊，自我糟蹋啊，C科长!”

D科员回家，把压在心里的愤怒发在难得回娘家的女儿E小姐身上：“你还记得有个老爸呀!”

E小姐大哭。此时她的丈夫F男士也来了，安慰：“别哭，有事好好商量嘛。”

E小姐不哭了，臭骂其夫："你这个窝囊废，我嫁给你真是倒了十八辈子霉了！"F男士下岗不久，一时还找不到工作，暂且在家里当"家庭妇男"，受了莫名气，忍着不便发作，一夜都没睡好觉。

翌日，F男士上菜场买菜，滞留在那个胖乎乎的肉贩的摊前，犹豫着买哪块肉。

肉贩不耐烦了："去、去、去，买不起别在这儿磨蹭！"

F男士人高马大的，昨天受妻子的气还没有消掉，他瞟了对方一眼："你给我斩三斤后腿，不能多一两，也不能少一两。"

肉贩的心里直打鼓，但口气仍是硬硬的："办不到！"

"办不办得到我不管，我现在就要你三斤肉！"F男士豁出去了，他提起肉板上的利刀。

肉贩下意识地转过身子，斥喝："你不要撒野，我可宰杀过1000头猪。"

F男士放下刀，直奔里处，一手抓起肉贩的衣服往外拖："我今天就要你三斤肉！"

肉贩俯首称臣，怯懦道："有话好说，大哥，做小生意也不容易……"

世 风

时下世风有点那个，这是不必忌讳的事实。什么吃喝风、裙带风、涨价风、后门风、跑官风、婚丧奢办风，等等。真叫人有点儿泄气。D君每每提及，必作深恶痛绝状。他在E局工作，是个工资很一般的小科员。他在业余时间里喜欢写作，特别喜欢写一些针砭时弊的随笔、杂感之类的文章，且发表率挺可以。

D君平时为人正派，清廉得很。当然，人们也未必情愿向这样的小干部进贡。虽然他在本单位是个小卒子，但在外面的名气倒不小，甚至被省里一个专门研究世风的部门所注意。

一日，D君收到一张大请柬，邀他到外省一个风景美丽的城市参加“世风研讨会”，请柬上言明：车旅、住宿费全由举办单位承担。E局领导很开明，为他开绿灯放行。

D君很少参加什么像样的会议，特别是出省的会议还是第一次轮到。他家的闹钟坏到不能再修了，他又嗜睡，所以启程这一天，还是由其妻权当“闹钟”的。

旅途细事免述。当他来到报到处，欲交伙食费时，接待员朝他笑笑：“会议结束后统算。”这样，他就把捏在手里的钱又放回衣兜里。他被安排在有空调、彩电、澡盆的单人房间，手纸、香皂、茶叶是免费提供的。这使他大开眼界。

当晚，举办单位小宴与会者。菜肴也很丰盛。有一道菜叫“霸王别姬”——清炖鸡和甲鱼。他可是头回听说，更是头回品尝。

以后的数天里，与会者就世风问题进行热烈的讨论。D君成了会议的新闻人物。他思路敏捷，或慷慨激昂或辛辣尖刻或义愤填膺的言谈，博得大家一次次喝彩。

这些日子，伙食依然挺丰盛，这引起D君的忧虑：这样吃下去，恐怕所带的钱款难以支付了。但味道毕竟诱人，他也就顾不得那么多。筷子一提，嘴巴也就不客气了。

研讨会即将结束。下午自由活动，以便大家到202房间决算费用。D君带了全部钱款早早来到会务组。有一位时髦女郎在电子计算器上那么一点拨，示意他在一份表格里签字。他一手签字，一手去摸衣兜里的钱。

女郎莞尔一笑："138元2角。"

他的心一热：还好，所花不多。谁知，这个数额的钱是支付给他的会议补贴。并非要他自掏腰包。他的心又热了一阵，鬼使神差地接过钱，欲走。那位女郎喊住他："慢！"

"啥？"他一惊。她递给他一只小盒——北极光牌闹钟："每人一份，赠送的。"她的解释轻描淡写。

"这？"他的手迟疑了一下，但最终还是接过闹钟。这就怪了，白吃、白住，还白拿，像话吗？亏你还是个研讨世风者。当然，他只是在心里嘀咕。

时间有暇。他不知不觉独自一人踱进闹市区的一家商场，在钟表柜台前踟蹰。当他了解到那种牌子的闹钟的定价为198元8角时，他的眉梢不由得跳动了一下。

热乎乎甜蜜蜜，参加最后的节目：晚宴。

肴馔。珍馐。美酒。名烟。满厅飘香。蓦地，掌声四起。来了一位气宇轩昂的中年汉子。主持人介绍："这位就是我们研讨会的赞助单位——蔚蓝金属公司的总经理陈先生……"

掌声再次爆响。D君恍然大悟：碰上"财神菩萨"了。

酒喝了，烟抽了，醉若神仙。不过，D君又忧虑起来，喝了那么多酒，明早6点钟的汽车，谁来叫醒他起床？当回到下榻处，赠送给他的那只闹钟正摆在桌上。很赫然。他笑了：挺好，正好派上用场！他仔细上了发条，调好闹时针。

睡意莅临前，他又爬起床，用温柔的目光把闹钟抚摸一遍。“好漂亮的玩意啊。”他在心里称赞。

翌日傍晚，D君回到家。他向妻子说的第一句话：“好了，那闹钟别买了，我搞回来一个了……”

调侃阔皮带

夏末里的一个晚上，艾侠君家的门被叩响了。来客是一对中年夫妇，男的提着名贵的香烟、瓶酒，女的则手握一条名牌男式皮带。

艾侠君感到很纳闷，眼眸里透出惊讶："请问，你们是不是找错了门？"

男客说："不会错的，我们找艾侠先生，您就是艾侠先生吧？"说话间，这对中年夫妇便坦然入室。

艾侠君只好作欢迎状，沏茶、递烟，满腹狐疑地嘀咕："我可不认识你们呀，找我有何贵干？"

女客坐定后，打开了话匣："艾侠先生呀，听我细细跟您说。我们那个宝贝儿子的案结了，终于审判下来了……五年有期徒刑……真是要好好谢谢您呀。您是大恩人哪……"

艾侠君这才回忆起来：大约是一个月前吧，他途经步行街时，正遇到一个小青年在抢劫一个香烟摊贩的钱。艾侠君见义勇为，冲上去和小青年歹徒搏斗。小青年歹徒毫不客气地拔出匕首对准艾侠君的腰部猛刺下去。幸亏艾侠君腰间的皮带很阔也很厚实，匕首戳准阔皮带，断了刃尖，未能深入，才免伤他的皮肉……

中年男客说："我是那个小混蛋的老爸。想想真有点后怕。要是那天刺伤了您，您如有个三长两短什么的，我那个臭小子可就要吃不了兜着走喽。唉……"

艾侠君颔首微笑，他有点明白过来了。

中年女客接过话茬说："我是那个小混蛋的妈。平时也没少对儿子进行做好人的教育，可是他总是不学好，实在没有办法。幸亏遇上您这位大恩人，他才逢凶化吉，化大为小，才不至于被定下个死罪呀。如果换个别人，如果遇上个个头小一点的、力气小一点的，后果就不堪设想喽，谢天谢地噢。”

艾侠君的夫人在卧室里搞清洁卫生，不速之客登门的意思，她听懂了。她笑盈盈地走出卧室，对客人说：“要说谢什么呀，你们还得谢我，是我为老公买了一条阔皮带。要是我老公腰间拴的皮带窄一点的话，非得出事不可。当然，如果当真如此的话，你们的公子也得罪加一等的喽。”

中年夫妇面面相觑，少顷即醒悟，双双站起身来，齐声说：“嫂夫人说的正是。是要谢谢阔皮带，不，要谢谢嫂夫人！”说罢，两人就真的朝艾侠君的夫人深深地鞠了一躬。

艾侠君朗笑不已，浩叹：“哇，阔皮带！”

望远镜

著名的A省芭蕾舞团首次来江南D城演出，带来一台精彩的折子节目，诸如《天鹅湖》、《睡美人》、《海盗》，还有现代独舞，更有新排的《梁祝》片断。演出一张扬，倒也有点轰动效应。

别人不说，单说K机关的资深科员F君。F君是个歌舞鉴赏迷，特别喜欢芭蕾舞。过去他在大城市工作时，每逢剧院有芭蕾舞演出，必作现场观赏。后来他调至小城，这种眼福就不多了。似乎是一种弥补，他家历年来使用的挂历都是芭蕾舞画面的。这次机会难得。在他的宣传鼓动下，K机关的工会出面，买了团体票，每人两张。美中不足的是，F君的手气差了点儿，抓到的“阄”不属上乘，座位不怎么佳——20排边座。

远是远了点。但当F君一想到他的小女儿有一架儿童OP003型的望远镜，顿时精神为之一振。

临行时，他作了实地演习。把芭蕾舞挂历置在后门，人站得远远的，举起望远镜，凑近眼睛。嗨，还挺管用。那挂历上的女演员的眼睫毛，清晰可鉴，脚尖也非常清楚，那隆起的胸脯和刚健修美的大腿，当然也极其清楚。

他邀妻也来试看：“来、来，效果可以，虽说相当于20排，镜里的清晰度和一二排差不多了。”

妻揶揄：“都快奔50岁的人了，还赶什么风流？”

F君闻言满脸不高兴：“这是什么话？芭蕾舞是高雅的艺术，属阳春白雪，跟裸舞是两码事，你……不懂！”

妻赌气：“我……我不懂，是的。不过，你别当我的面丢人现眼的。如果你要带那玩意儿，你就一人去吧。”

F君央求：“夫人，这不好，单位都是双双去的，这影响不好。这、这望远镜嘛……”

后经F君再三做工作，达成一个协议：望远镜可以带在身边，但使用时要看行情——如后排有人使用望远镜，就可以拿出来，否则就不能用。

双双赶到艺术剧院。20排。望过去，那些舞台上的人的眼鼻和四肢就看不清楚了。可惜一直无人使用望远镜。而且前座一陌生男子还不时散发出浓浓的大蒜味，大大影响他的观赏情绪。

散场。归途闷闷不乐。而妻的情绪不错，一路挺活泼的，不时夸奖那个男演员——弹性足、跳得高、充满青春活力、非常健美，云云。

翌日上班时，同事们不免对芭蕾舞浓浓地议论一番。同科室的L小伙子昨夜的座位是2排中座，这位幸运的小伙子的言语也传到F君的耳里：那“头号女种子”的独舞最棒，胸脯没戴胸罩，那薄如蝉翼的短衫未能盖住褐红色的乳头……

F君听了直摇头，叹L小伙子不懂艺术，太粗俗。

不过，他一回到家，不由得又举起那架儿童望远镜，站在远处观赏挂历上的舞姿，独自叹息：“当然，勇敢一点，就拿出来看，就能这么清楚了。好后悔呵。”

又过了一些时日，另一个芭蕾舞团来D城演出。

F君吸取上次的教训，悄悄一个人去买票。晚了一步，甲级票全售光了，只买到22排边座。无奈，但又无妨。夜色降临时，他谎称单位开会，一人出了门。

演出的铃声响了。大幕拉开了，演员阵容极佳。好极了。前排和后排都有人携带望远镜，一时间，纷纷举起那玩意儿。没有大蒜味，倒有阵阵典雅的香气袭来。

F君从容不迫地从拎包里拿出小纸盒。一打开盒盖，愣住了：里面是一只会旋转的电动小绒狗。是他小女儿玩耍时无心错放的，还是他夫人有意“错位”的，不清楚。

他沮丧极了。想和左右前后的观友借来看看，最遗憾的是无一人相识。向陌生人借望远镜，那是很冒昧的，实在说不出口。他就这样远远地相望，效果甚像观看电视。

终于熬到散场。

明哲保身的后果

齐先生因夫人出差在外，独人看家，颇觉无聊，顿生夜访友人之意。推单骑出门，悠然慢蹬。夜雾弥漫，视线不济，边骑边走。车过大桥，忽闻一女子呼救：“有人抢皮包啰，快来抓强盗啊！”齐先生惊诧之际，一黑影从身边擦过，渐渐在雾中遁没。

齐先生向来遇事抱明哲保身的态度，这回亦然。桥栏下的女子慌然无助，齐先生不顾不问，埋头跨上车，向友人家蹬去。

访友回家，见屋内有人哭泣。原来齐夫人已返，细诘，方知夫人几小时前在大桥处皮包被不良之徒抢走。皮包里有三千多元现金，还有特意为夫君买的一块劳力士手表。

齐先生顿足，数落道：“你说要明天回家，怎么提前了也不吱一声?”

第六辑

奇思异想

减肥诙谐曲

现今的减肥药、减肥械具以及减肥涂剂，真是多得令人眼花缭乱。虽都有一定效果，但大多会出现些反弹。这是G博士的体验。至今仍在单身阵营里的生物专家G博士，年纪三十四五，却发福了，一米六八的个子，体重竟达90公斤。最糟糕的是他的“啤酒肚”，很赫目。他早就有个飞翔起来的想法：发明一种减肥新衣。他是有这种实力的。他在生物学、光学、化学乃至物理学上都有相当水准的造诣。经过近半年的努力，这种减肥服装终于搞定。它的腰、胸、腹、臀等部位均缀有能起一定隐身作用的面料，所以穿着此种服装能给人一种瘦身的印象，而穿衣人却没有丝毫被束缚的感觉。

站在试衣镜前，G博士仍不满意。身材是匀称了，但胖胖的脸庞依旧无法“削弱”，反而因身材之修长使得头颅更显肥硕。

接下去的半年时间里，G博士的主要精力，是对付“脸庞”。通宵达旦地钻研、试验、比较，一种新颖的能“隐肉”的面膜搞成了。简而言之，脸颊贴上与肤色相融的薄膜，贴部马上见削显瘦。

G博士暂时只捣鼓出男女减肥夏装各一套。中学时代漂亮的班主任殷老师是他的恩师，最近一次见到她时，她已是一位胖型妇人了。他自己留一套夏装，另一套则赠送给殷老师穿，还附带相赠减肥面膜一副。

这天晨起，G博士被一股温柔的情绪所袭击，突然想到要考虑自己的婚恋大事了。以前，他也谈过几个女朋友，因为都嫌他胖，陆续与他“拜拜”了。现在，他有减肥新术，还怕什么?!

G博士把减肥夏装——薄面料的衬衣、外裤穿着好，在两颊安上减肥面膜，信心百倍地走出家门。不一会儿，他便步入露天公园。市河水清清，花木茂盛；初夏时节连空气都有十二分地温馨。少顷，他遭遇一位面相亲和的窈窕淑女。相识是不需要太高的技巧的。当一阵风吹摘掉淑女头上的遮阳礼帽时，他一个箭步跑上前，捡起礼帽，彬彬有礼地呈上：“小姐，您的帽子。”

淑女嫣然一笑：“谢谢，谢谢先生！”她那双水汪汪的大眼睛向身材匀称、面相英俊的G博士扫视，与此同时，发出一串悦耳的玲玲笑声。

G博士平添信心：“天气有点热，我想冒昧邀请您共享冰激凌。”

“这个主意不错。”她温声地允诺。

河畔凉吧。不过是一份冰激凌，两人吃了足足有个把钟头。聊天的范围是广泛的。使得心距缩小的直接原因是，彼此了解到，淑女引为知己的女同事的姑妈正巧是G博士中学时代的班主任老师，也是淑女的语文老师。

不久便有了约会。进而淑女同意上G博士家做客。

一个温润而爽心的午后。淑女登门拜访G博士。热天的一个必要的浪漫举措是洗个澡。有趣的是，G博士家居然有两个浴室。抓紧时间，分头沐浴。清水在身上流淌时，就特别渴望被爱和爱别人。急匆匆从浴室出来时，两人都愣住了。真相毕露：G博士是个大胖子，而淑女也是个胖型女子。

究其原因，自然是两人都脱去了减肥夏装、卸掉了脸上的减肥膜片。淑女的夏装是她的引为知己的女同事相赠的，而她的女同事则是从她的姑妈那里获赠那套新衣的。

尴尬以秒计算。须臾之间，淑女一头扑在G博士的怀里，嘤嘤地啜泣起来，哀婉动情至极。

G博士紧紧相拥淑女，喃喃地说：“这个、这个，胖，不是罪过，爱情不以胖瘦来权衡嘛。我、我爱你。”

淑女不哭了。她的肥手握着他的胖手：“我、我很赞成你的观点。我也、也爱你！”

之后，在精明能干的淑女的扶助下，G博士的减肥服装和减肥面膜正式上市。这可是胖男胖女的福音呵，购者如潮。在一些礼仪性晚会、社交圈、商务活动，以及在公司上班，G博士伉俪也双双使用减肥新术，以好身材、好脸相在大庭广众之下露面。

而在G博士寓所的阳台上，邻居们常能看到这对夫妇的庐山真面目：肥头胖脸、粗胳膊粗腿的，或晒衣，或纳凉，或观花，优哉游哉。另外，在假日外出旅游时，他俩都是“原生态”形象，轻装简衣，素面朝天，还真正的胖型人于山水间。一时传为佳话。

扑灭激情

本城的社会学家兼发明家麦克博士是位心地善良，富有奉献精神的智者。当他耳闻数起恶性凶杀案后，就陷入这样的沉思：为什么有人无缘无故会去杀人？驱使他们犯罪的动力会是什么？经过大量细致的调查和研究后，得出一条结论：每个人内心都潜伏着激情，激情是一种猛烈的、爆发性的、短暂的情绪状态。消极的激情多由强烈的劣性刺激所引发，导致失去理智的行为只有及时去遏制，扑灭消极的激情，才能有效制止激情犯罪，减少不幸事件的发生。

于是，麦克博士就着手进行有关扑灭激情的研究。他从灭火剂、灭虫剂、美发用的定型摩丝和药用消炎舒筋镇痛"喷雾剂"外型和内压原理得到启发，把扑灭激情的器具设计为墨水瓶大小的微型耐压钢罐。钢罐顶端装有绿豆大小的揿钮，一按揿钮，扑灭激情的雾剂即刻喷射弥漫。这个工艺似乎并不难，难的是雾剂的研制。

麦克暂别妻儿，把自己和两位男性助手"禁闭"在原生态大森林中的一幢小玻璃房子里，不分昼夜地进行诸如蒸馏、合成、稀释、提炼、加温、降温、升压等一系列试验。经过 333 天的苦战，终于获得两罐分别为 50 克和 100 克的透明扑灭激情剂。他用的原料有绿叶、鲜花、河蚌、山鳖、蔗糖、燕窝、阿胶、牛奶、露水等百种物品，另加一定比例的极其珍贵的 WW 根系，CDKOC 镇静花粉和 ACSLD 安神虫胆汁。

先在动物中进行试验。先是一双斗架小白鼠。麦克博士的助手使用 50 克罐，他轻按揿钮，一股芳香无比的白色薄雾向前弥散。顷刻之间，两只小白鼠收敛斗姿，继而变得安分而温柔，相安无事。又用同样的方式，在斗架的公鸡、山羊、狼狗中进行试验，又获成功。初战告捷。

于是，麦克博士和他的助手们走出森林中的玻璃房。

一日，麦克博士携带 100 克罐步入闹市区。在黄金屋商厦停车场，有喧哗声传来。原来有人在斗殴，双方各有五六人，围观者众多。麦克博士挤进人圈时，只见一青年男子从靴鞋里拔出一把匕首，朝三步之距的青年男子对手刺去。眼明手捷的麦克博士快速撩开西装前襟，雾剂罐就别在皮带左侧，他用右手食指一按，刹那间一股芳香扑鼻的雾气全方位漫溢，两斗士顷刻像焉了似地各自晃晃头、眨眨眼，后蹲下身子，少顷站立，双方握手言和。观者都傻了眼，不知道这些人在玩什么戏法。只有麦克博士一个人知道：他的试验真正成功了。

在麦克博士向专利局递交专利申请，等待批受的三个月里，本城名人俱乐部发布下列几则新闻，颇受市民们关注——

首席专栏作家兼小说家戴维先生，竟在三个月里，一个字儿也写不出来，以致省内外十七八家报刊的专栏稿约无法兑现。

才华出众的作曲家派易斯先生，对一首出自京城名词作家之手的市歌歌词一筹莫展，落在钢琴黑白键上的十指僵硬，与此同时，身上的灵气和灵感仿佛全部冻结。

著名雕塑家艾逊华在市艺术展览馆被中心主任骂得无地自容，原因是由他创作的展览馆前厅的雕塑作品经过三个月后仍是一方毫无刀凿痕迹的花岗石——参观者无不露出鄙夷和失望的神色。

以口才闻名遐迩的生物学教授莫理夫在讲台上语不成句，漏洞百出，丑态百出，全没有往日吸引人的澎湃激情和独特魅力，甚至把枣树和白杨讲成是一年生草本植物，以致学生们纷纷逃离课堂，改上别的课目。

原来三个月前发生在黄金屋商厦停车场上的那次斗殴，现场围观者中就有戴维先生、派易斯先生、艾逊华雕塑家和莫理夫教授，他们的脸部均不同程度地沾上了麦克博士研制的那种芳香无比的雾剂。

三个月后，京城有关专家莅临本城，会见了麦克博士。麦克博士在介绍他的发明时，不慎身沾此香雾，讲解自已的试验经过时，脑子里突然出现一片空白，只能说一些诸如“天气好、心情好、吃得好、身体好”之类的离题万里又莫名其妙的顺口溜，使众专家愕然，如置云雾山中。

找

这几天，荷市偌大的政府大院内气氛有点特别。怎么个特别法，很难言传。

这么些说吧，23号楼第三层、第四层是G局的地盘，而该局的艾局长、彼副局长、栖副局长、递办公室主任集体失踪了。这四人已经有一个星期不来上班，而他们的办公室的门却都没上锁。是玩“集体失踪”的游戏，还是真的出了什么事，谁也说不清楚。

办公室的依秘书翻了一下外出记事本，没有他们的一丝记录；两位小车司机每天呆在司机值班室里，无所事事。给这四人的家人打电话吧，也都被告知：好几天不见他们回家了。依秘书越想越感到不妙，悄悄地走访了市反贪局、市检察院等部门。这些部门都说，这四人不在他们那里，也没有“请”他们进来的意向。

看看艾局长的办公室吧，一切依旧。宽敞的大板桌一尘不染，玻璃窗明明亮亮，窗台上那一排树桩盆景枝叶无损，仍呈千姿万态。艾局长的大板桌上，除了一应文具用品依然，连老花镜、放大镜的位置都很有特色地遥遥相望。转椅上，艾局长的外套披架在椅背上，就像主人只是出去一支烟工夫马上就会回返似的。与往昔有异的是，办公桌的一角用水晶球压着一张小纸片，上面用毛笔书写了一个硕大的“找”字，笔迹明显出自艾局长本人。

而彼副局长的办公室，除了比艾局长的办公室略小一点外，别的也大致相仿。稍令人不安的是，一侧的小卫生间的门是敞开的，门口摆了一双底特厚的海绵拖鞋。再仔细看，还能发觉拖鞋上的水珠。有意思的是，彼副局长的办公桌上也压着一张小纸片，上面也用毛笔写了一个“找”字。

栖副局长是机关大院的象棋季军，他的办公桌上散落着一些棋子。中间的大抽屉上挂着钥匙。拉开大抽屉，里面不见有什么贵重的东西。再看一眼吧，嘿，中段位置的铁票夹里挟着一张小纸片，上面也书有一个“找”字。

递办公室主任是该局的内务、外事主管。他的办公室直通两间储藏室。换句话说，储藏室的门是开在递主任的办公室里的，而走廊外壁是墙。递主任的办公桌上堆着一些纸质资料，那枝签字笔，笔杆和笔帽是分离的，也就是说，这间办公室的主人刚刚还坐在这儿工作。这两间储藏室是比较神秘的，一般人是不会清楚里面到底囤积着什么东西。依秘书到未上锁的储藏室察看一下，在地上拣到一张小纸片，上面也写着一个大大咧咧的“找”字。

此事有点恐怖，又不宜惊动上峰。怎么办？为了不影响对外工作，也是为了维护本局的名声，该局成立了以依秘书、俟夫科长、崎副科长、汰勃刘资深科员为成员的临时领导小组，来坚守阵地。好在临时领导小组的成员都是阅历颇深、经验颇多、能力颇强的工作高手，把局里的事务打理得井井有条，纹丝不乱。以致第一二层和第五六层的兄弟局委，一点都觉察不出该局这阵子的天大的变故。

细心的汰勃刘资深科员，每天都到那两间储藏室浏览一下。他注意到这样的变化：这两间储藏室里的东西一天比一天少。到月末的时候，里面的东西全部清空了。于是汰勃刘资深科员把这个情况向另三位临时领导小组成员反馈。四个人讨论来讨论去，得不出什么令人兴奋的结果。

没有不透风的墙。这天，市纪委孙书记路过 G 局，点名找艾局长、彼副局长、栖副局长和递办公室主任谈话。该局的临时领导小组见无法瞒天过海了，只好向孙书记摊牌。

孙书记哈哈大笑，说：“哪有这等奇事！快把这四人书写的小纸片给我拿来。”

依秘书只好把收藏好的四张小纸片交于孙书记。孙书记在艾局长的转椅上坐定，持起毛笔蘸了一下红墨水，在四个“找”字上，分别添上红色的一撇，那几个“找”字全变成“我”字。孙书记搁下笔，就出去了。接下去发生的事情可能要堪称天下一绝了：也就是一支烟工夫，只听得几个办公室的门摇曳出吱吱嘎嘎的声音，艾局长、彼副局长、栖副局长和递办公室主任，全现身了。可以看得出，他们很疲惫，那位递主任还直打哈欠，似乎已有好多夜没睡觉了。

在一次机关廉政勤政阶段总结会上，市纪委孙书记心情沉重地说：“我常在想，‘我’字和‘找’字，意思截然不同。少了一撇，‘我’就成了‘找’；加一撇，‘找’字就成了‘我’。这一撇，是什么？你可以把这一撇看成是良心、做人的准则，也可以把它看成是责任、理想和阳光下的追求。少了这些东西，就可能失掉自我，让家人担心，让同事分心，让国家忧心。因此要去‘找’啊，把蹒跚在迷途中的人‘找’回来呀！”

会场静极了。少顷，掌声雷动。

墙上的L形铁钉

那天，槟市在宽畅的影剧院召开机关干部大会。与会者爆满。市文物局的资深科员安君因有点小事缠身，来迟了。楼座和底座无一空位，只好弄了一张折椅，临时置在楼座前排右侧靠近墙壁的空当里。

稍前是楼座栏杆。安君注视主席台，全神贯注地听报告。等到大会结束，与会者纷纷走散时，唯独安君一人双臂伏在栏杆沿把上，没有动静。管理人员来清场，见状，以为他睡着了。这种现象，在平日里演出歌舞或放映电影或召开报告会是屡见不鲜的。推推他，唤他，都不见反应。原来安君已永久性地睡去了。赶紧送往医院急救。非常遗憾，任何措施都无能为力了。

这突发事件真令人悲伤。安君正当壮年，身体状况一向健康，人缘又极好。医生从医学角度判断，认为他临死前受到极大的精神折磨，因恐惧致心脏病猝发云云。

之后，公安刑侦人员去影剧院勘察过。里里外外、楼上楼下、台前台后细细地作过推敲，也未发现什么异殊。

等到人们渐渐淡忘安君猝死事件的时候，又一个大型报告会在这座影剧院召开。市文物局赴会的员工中，有青年科员毕君。毕君和安君感情不薄，对心理学颇有研究，这次他完全照那天安君的做法，在楼座前排右侧靠近墙壁的空当里加了一张折椅，坦然而坐。

稍前是楼座栏杆。毕君注视主席台，因从未坐过临栏杆的楼座，有一种悬心的感觉。渐渐地，一种极紧张的心绪产生了。此时他注意到稍前墙壁上有两枚钢笔杆粗细的L形铁钉。这两枚铁钉相距约三十厘米，离楼座之地有一人高，位偏栏杆外。大概是用来挂什么大型条幅、标语牌或系什么绳索的。毕君估摸铁钉的功能后，很自然地浮想：东西吊在这枚铁钉上，如陡然脱钩，不会落在栏杆内，而在栏杆外，直向楼底，落差恐怕有五六米，底部是水泥地，后果会怎么样？

毕君不由得继而设想，用两只手去撑住这两枚铁钉，不使身体坠落，这对于有真功夫的人来说恐怕不困难。如果叫他去表演这玩意儿——想到这个份上，他无法遏止浑身的战栗，心一次次地悬空了。如果给他一百元、一千元、一万元甚至十万元、一百万元，他也不愿冒这种险，毕君想。

尽管心理上极力拒绝，但感情上却禁不住努力去想象着这样精彩的场面：他再迈出一步，两手抓住墙上那两枚L形铁钉，身体荡在栏杆外，众人发出惊呼和掌声。

会场上爆发出雷鸣般的掌声。一定是报告人讲到生动处了。根据掌声的骤起骤落，可以判断报告人的倾诉尚未结束。

毕君又扫了一眼前方主席台上的报告人，扫了一眼楼下走道上偶尔过往的行者。那些行者在他的眼里已变了形：倾斜、弯扁、扭曲。

他的眼光又凝固到这两枚铁钉上，心又一番荡空。闭上眼也不能阻止这样的体验——他的座位纹丝不动，心向前移，双手去抓那两枚铁钉……

突然，扩音器里在播送一个通知：请文物局的毕君到大门口去一下，有人找。

可是毕君却没有什么反应。好在后排有人听到通知并看到坐在折椅上的正是毕君，就上前叫他。这时的毕君已处于半昏迷状态。由于发现得早，毕君才幸免大难。

毕君恢复健康后，便把那天的心理感受复述出来。

于是有好事者赶到影剧院楼座，同样置一张折椅，坐定目击。果然发现墙上有两枚L形铁钉。

有人拿来长梯，登上察看铁钉。手去触摸时，感觉到这两枚铁钉皆已松动，轻轻一拔，铁钉即刻离墙。要是真有人双手攀住这两枚松动的铁钉，人非坠地不可。而影剧院楼座左侧墙壁上的另两枚L形铁钉却非常坚固，任摇晃不动，负一个成人的重量，不在话下。这是登梯者的又一个察看结论。

毕君得悉这些情况，对同事安君的死因便有了崭新的见解。当然，这不过是他的一种独特的心理猜测而已。

爱心果露

巷口新开出一爿漂亮的小店。专售一种叫“爱心果露”的饮料。这种味道似咖啡、似牛奶、似菠萝汁、似柠檬水的黄晶晶的液体，据说有增进爱情之奇效。

店经理是位鹤发童颜、神情慈仁的老者，兼作卖筹码的活计。

那天，邬海章从他手里买了一枚筹码，即刻到取货窗兑得一杯温度适宜的“爱心果露”。他选了个位子坐了下来，抬眼作了一番享用前的环视。嗬嗬，亏这小店的主人想得出，四周墙壁全用人物画片来装饰。男的或刚，或悍，或健，一式硬汉子气质；女的或风姿绰约，或窈窕妩媚，或娇柔美艳，仪态万千，服饰新潮而绚丽。

邬海章一边浏览，一边慢慢地品味杯中之物。很快地，他的精神集中到味觉上，嘿嘿，这杯“爱心果露”质量纯正，稠得很，各种可心的味儿全铺上舌面，甜度适当，且有怡人的香气逸出。他喝得太专神了，以至直到他喝了个杯底朝天的时候，才发觉，他同桌对座的那位搽口红的妙龄女郎在向他飞媚眼。

“先生的气色挺好……”那女郎嗲声嗲气地和他搭腔。

“哪儿的话，哪儿的话……”他非常客气地回应，很高兴和这样漂亮的女人聊天。

那女郎又喝了一口，极有风姿地抿抿嘴，纤纤素手掏出一块绣花手绢，轻轻地擦去粘在嘴角的残液：“爱心果露这新品饮料，味道不错嗳。”

邬海章打量着她，情绪缠绵，心旌摇曳：“这新鲜玩意儿味道不错！”

女郎把座椅挪近他：“说真的，我还没见过像先生这样有风度的男子。”

他的脸红了：“别客气，过奖了。我还是第一次遇到像您如此魅力四射的小姐，真的。”

她那会说话的眼睛瞄住了他：“愿不愿意陪我去荷花公园一游？那里可是新开辟的好去处呵。”

他站起身：“当然愿意，很乐意奉陪。”

“嘀嘀，荣幸极了。”她极大方地挽起了他的手臂。

邬海章轻声问：“还没请教芳名呢，小姐？您……”

她嫣然一笑：“我叫秦央娜。”

“噢，秦央娜？您的名字太好听了。”他由衷地吁叹道，瞬时间，他目光模糊，呼吸困难，骤然产生一种麻酥酥的感觉，似有一股凉润的风在摩挲他的背脊。

这是初夏，满目的绿。她裸露的、白皙的手臂紧挨着他的手臂。醉人的女性馨香的体味在他的鼻端扑散。在荷花公园深幽的一隅，她忘情地扑在他的怀里。他顺势紧紧地拥抱她，亲吻她的脸颊和脖子。

这突如其来的爱情发展神速。邬海章和秦央娜真心地、诚挚地相爱起来。

不久，他俩便举行了隆重的结婚仪式，婚后生活如蜜如酒。夫妻相敬如宾，男的对女的体贴入微，女的对男的百依百顺。

这样的好日子一晃就过去了一年。

秦小姐的体态变得丰腴起来，更有一种楚楚动人的姿色。邬先生么，脸有润色，风度翩翩，更具男子汉的魅力。

这一天，邬海章偕同秦央娜去百货大厦选购旅游必备之系列品，路过了那个巷口。一阵节奏感很强的声调又很软绵的立体音乐，从那爿专售“爱心果露”的小店飘出。

秦央娜紧捏丈夫的手：“再进去喝一杯！”

邬海章连忙响应：“要喝，应该喝……”

他俩是在这家小店初识的。墙壁上的人物画片依然如新，色泽鲜丽，完好无损。只是小店的经理易了人。

新经理是位神情庄重的小伙子，西装革履，颇有绅士派头。那位鹤发童颜的老经理是他的父亲，赚足了钱去琼岛疗养了，把店里的一切事物全权交给儿子掌管。那是好几个月以前的事。

邬海章在新经理手里买来两枚筹码，又到取货窗兑得两杯“爱心果露”

饮料。

价格嘛，贵了三倍，露液的颜色淡多了，并且不怎么稠。很像是被掺了水的。

他喝了一口。味淡淡的，也没有什么香气。“这玩意被稀释过了。”他想。

她也喝了一口，眉尖蹙起。“哈，这东西一定冲了水！”她在心里说。

喝！相对无言。等到喝了个杯底朝天，两人蓦地惊叫起来。

邬海章脸色骤变：“你不就是阿娜？”

秦央娜如梦初醒：“你不就是老邬？”

两人站立，点颔，又颓然落座。

原来，他和她在10年前就是夫妻了，关系不怎么和谐，磕磕碰碰是家常便饭。去年的这个夏天，他和她因发生口角双双出走，又不约而同来到这家小店喝这种饮料。由于“爱心果露”质量好、效力大，以致忘却旧事，进而一见钟情，又得到了初恋之甜蜜。

邬海章忿忿地仰叹：“这是怎么回事？”

秦央娜呜呜地哭了：“怎么回事？怎么回事？”

“爱心果露”是不能掺水的。掺了水，就会产生淡化爱情的副作用。当然，这些情况他们不清楚，连那位新经理也不甚了了，直到老经理疗养回来，整顿小店后，在报上登出向顾客致歉启事披露端倪，才使人们有所启悟，那已经是后话了。

邬海章恨恨地盯了她一眼：“别老缠住我，噜苏个啥呀！”随后就离席而走。

秦央娜尖声尖气地追了上去：“你、你……你要到那里去？我和你没完，找你单位的领导去评理……”

那节奏感很强的声调又很软绵的立体音乐，继续在巷口飘荡。

玉米天仙的困惑

玉米天仙是哪个异度空间的主宰，我们不清楚。我们要告诉你的是，玉米天仙是位非常美丽的年轻女子，既有东方女性的温良，又有西方女性的高雅。她慷慨、慈悲、正直、公道，而且，她与生俱来就有一种无所不能的魔力。

你一定要问了，她为什么不叫包谷天仙，也不叫包米天仙？这你就有所不知了。“玉米”二字不是我们俗世那种可饱腹的粮食作物，而是另有所指。简而言之，这两个字得分开来讲。“玉”是宝石，即财富的意思；“米”是实物，衣食住行之总汇，当然也包括粮食。所以玉米天仙只能是这样一个称号，而不是其他。再噜苏一句，她的工作职能非常重要，得管理整个宇宙生命存在的物质供应。

特别要强调的是，我们的玉米天仙特别关注人类的生存状态。她全天候地用怜悯的目光扫视人间的每个角落。每每用宇宙大神赋予她的权力，平衡芸芸众生的喜怒哀乐。有时她还会亲临俗世，听取人类的一些想法。无论是愿望，还是祈求，只要是合理的，同时是属于她分内司管的，她一定会在第一时间给予最大限度的满足。

一天，玉米天仙来到西半球一个国度，她关爱的眼眸瞄准一个七口之家。这户人家年龄最大的是 83 岁的老亨利，依次是 78 岁的老亨利妻、55 岁的大亨利、51 岁的大亨利妻、29 岁的小亨利、27 岁的小亨利妻，年龄最小的是 5 岁的小小亨利。她看到他们一个个愁眉不展的，又听到小小亨利哭喊着“我饿、我饿了”，心里琢磨：他家一定没有粮食了。她就仰视天空，双手合十，口中念念有词。少顷，这户人家的前院里便奇迹般地囤积起一大堆金黄色的包米，足足有 10 吨，够他们全家人吃两年。

一年后，玉米天仙途经此地，她以为这户人家的日子一定过得很开心。谁知这七口人依然个个愁眉苦脸，并没有丰衣足食的欢乐。她扮成一位记者，入户采访。采访的结果使她大为惊讶。老亨利和小小亨利的论调差不多，说老吃这包米饼、包米糕，实在倒胃口；大亨利说，他想另外弄套房子，钱还凑不足，想卖出些包米，又卖不掉，这镇上的居民哪家不仓满袋鼓的；大亨利妻说，老用包米粉做食品，埋没了她的烹饪手艺；小亨利说，一下子从天上落下这么多包米，虽然很幸运，但储存它们也花了不少钱呀；一说到钱，老亨利妻和小亨利妻异口同声地说："上帝啊，不要给我们包米，给我们钱吧，现在最值钱的是钻石，那就给我们钻石吧！"玉米天仙认真做了笔记，心想：等他们吃完那批包米后，就给他们宝石。

数月后，玉米天仙巡察到东半球的一个国家，她在一个村庄里放慢了脚步。她见这里的村民大多面黄肌瘦，暗忖：这是个穷地方呀！晚上，当她的目光投到村长阿富家，更证实了自己的猜度。56 岁的阿富有三个未成年子女，加上年迈的双亲和体弱多病的妻子，日子很是艰难。可以说是家徒四壁、清贫如洗，连他家偌大的后院也空荡荡的。

阿富正在和妻子商量："上次发下来的救济款在你这儿，怎么样，给我一点，孩子们都大了，该为他们添置一些新衣裳了。"

阿富妻叹了口气："剩下也不多了，公婆俩好久没闻到荤香了，也该改善一下大家的伙食了。"

阿富摇晃着脑袋："买药要钱，买衣裳要钱，买口粮要钱，钱、钱、钱……"

这场景，玉米天仙耳听目睹，全清楚了。她毫不迟疑地仰天凝视，合掌，嘴唇作哆嗦状。一夜之间，阿富村长的后院堆满了金黄色的包米。

玉米天仙非常记挂阿富家，半个月后，她专程来到这个村庄了解民情。令她困惑的是，村民们的生存状态并没有得到根本的改善。就说阿富家吧，非常糟糕，阿富本人的大牙脱落了，是因为啃包米不小心伤了牙齿；他的小儿子因为过于饥饿，囫囵吞枣地咽下去四五个包米，患上肠梗阻，险险丧命；家里唯一的一台碾米机瘫痪了，原因是在碾包米时，包米不碎，碾盘却崩裂了。后来，村里的一位退休宝石工艺师来阿富家小坐，发现这些包米颗粒不是粮食，而是质量上乘的钻石，粒粒重量都在 20 克拉以上，每粒价值要超过

50 万美元。后院这一大堆钻石可是笔天文数字的财富呀。可惜，这里缺少的是粮食，持有钱币的人都用钱去购买粮食，绝不会考虑去换这种中看不中吃的宝贝。再说，这里交通落后，出远门很不方便，外来人员也很少；把钻石销到外埠，或请人来收购，不耗上几个月不行。远水不解近渴呀。

玉米天仙甚为不解，她觉得自己对人类的关爱太少，最主要的是自己还弄不懂怎么去呵护那些芸芸众生。为此，她向宇宙大神递交了辞呈。可是这段时间，宇宙大神太忙了，没顾得上批阅她的辞职书，连与她谈一次话的时间都挤不出来。玉米天仙心急如焚，不知道该怎么办才好。

开发空气

事实上，U 城个体发明家、青年博士塞斯先生是个富有创造激情而又乐于奉献的人，他之所以至今尚无甚建树，仅仅是因为还未得到机遇。

这些天，塞斯博士和他的未婚妻玛丽小姐得闲到离城百来公里的大森林公园和云巢峰一游，被那里的秀美风景所吸引，尤其是森林里和高山上的新鲜空气，湿润而芬芳，令人心旷神怡、陶醉不已。他想，当今有人开发房地产发财，为什么就不能开发空气呢？于是一个大胆而新奇的构想，在这位青年发明家的脑子里诞生了。

设想是这样的：在森林公园和云巢峰建立采气站，把那里的新鲜空气装在足球大小的塑料球里，按上气门，以便消费者吸用；也可以制成“枕垫”充满空气，以供睡前慢慢享用。由于这种未受任何污染的空气新鲜、纯净、芳香，负氧离子含量高，极有利身体，特别是有利于肺和气管有疾的人的康复。身体好的人使用，可以更加感受生活之美好；体弱有疾者使用，胜似良药秘方。这在理论上是立得住脚的。

于是，塞斯先生在亲朋好友，特别是玛丽小姐的鼎力资助下，取得了开发空气的专利，并成立了以他为董事长，以玛丽小姐为总经理的“净王”高纯净空气开发有限公司。首批产品——10 万个 2 立升装的“净王”牌空气球和 5 万个 8 立升装的“净王”空气枕垫上市后，被抢售一空。

购买者中有气管炎和肺炎病人，有公务繁忙的官员，有习惯于夜间“爬格子”的作家和记者，更多的是那些整夜泡在灯光闪烁的密封型的舞厅和卡拉 OK 厅里的阔佬们。想想看，手里抱着那种气球和气垫，让细细的导管靠近鼻孔，气门那么一开，纯净的空气便徐徐泄出，香兮兮、甜津津、湿漉漉的，真是优雅不过的新潮享受。一时间，“净王”牌高纯净空气成了 U 城雅男靓女的热门话题。“净王”牌空气球和空气枕垫，被顾客誉为“空气维生素”，给环境污染日趋严重的U城的市民带来了福音。这一点不假。

塞斯博士的空气开发，初战告捷，销售收入达800万美元之多。当然这种高纯净空气的成本，其实也不低的。公司恪守信誉，每日从百公里外的大森林公园和海拔1000多米高的云巢峰采气，摊子之大，费用之巨，不是一两句话就能说清楚的。

也许是好事多磨吧，不出一个月，U城消费者协会就接待了上百人次有关“净王”牌空气的投诉。称此空气的质量大大下降。十多个手持半份“气球”的消费者叫协会的官员当场品吸，果然发觉“球”里的空气或有油腻味或有柴油味，甚至还有轻微的令人不悦的臭味。于是该公司被有关部门出示黄牌警告。

塞斯和玛丽的智囊团经过多方调查、取证，证实该城已出现至少五家仿制“净王”牌空气的地下工厂。这些不法制造商都是在城内就地取“气”的。法律一向严谨明的U城，来了个打“假”战，很快取缔了那些地下“仿制”活动。

公司的信誉和生意又回升如初了。在这种吉祥的气氛下，塞斯和玛丽举行了隆重的结婚典礼，在新婚之日，“净王”牌空气一律打七折优惠顾客。

就这样过了两年吧，U城消费者协会终于被数以千计的投诉者所包围，他们声称：他们买到手的“净王”牌空气，全是假货。

此时，正值塞斯夫妇在国外考察。分管质量的副总经理立即组织人马调查。调查的结果很令人沮丧，消费者手里的“空气球”和“空气枕垫”都是该公司生产的。U城已不再有假冒商品的制造者和销售商。这就奇怪了。

这天，刚回国的塞斯、玛丽一行人，驱车前往采气站。大森林公园的景色大有变化，这个有千顷之大的自然森林，出现了许多停车场、跑马场、球场、娱乐宫、健身房；草坪狼藉，花坛败落，很少能见到古树老藤；当初耗资50万美元建造的一流风机房和现代化采气塔的四周，已被许多餐馆、酒家、煲店所包围。又驱车去云巢峰，一路上车辆如织，拥挤不堪。山前山后，高楼大厦平地起；北山腰的一个大型露天铁矿正在开采，机声隆隆，粉尘飞扬；登上峰巅，举目远望，但见山下烟囱林立，黑烟滚滚。采气站的工程师悄悄向董事长透露：山下已新建诸如石料厂、砖瓦厂、印染厂、冶炼厂、矿产总汇、石油公司等百来家企业。

塞斯伫立山顶，无语，任山风吹乱他的头发。想到苦心创建的空气开发大业看来要画上一个句号了，塞斯先生不由得泪湿双鬓。

跌 宕

A

W 市有个文学青年 G 君，长期刻苦写作，收获甚微。看到那些捧铁饭碗的朋友和写作无缘，却提干的提干、发财的发财，他并无多大的慕意。但他写得委实太苦了，且采用率近似零，堪称“退稿收藏家”，不免有几分沮丧。

众所周知，现在稿件作信函计，邮资不菲。他无别的收入，仅靠原有的一点积蓄度日，一个月要寄发十二三篇稿件，开支不是小数。他只得用少吃点、少花点，来弥补经济上的缺口。

炎炎夏季，笔耕一星期，G 君终于完成一篇 29900 字的中篇小说《魔圆》。自我感觉极好，满怀希望挂号并附退稿邮资寄出。

半个月后，这篇小说稿到了 F 省文学双月刊《芳草地》编辑部的资深编辑 K 先生手里。K 编辑近日身体欠佳，又有一串家事缠身，显得忧心忡忡的样子。电话铃响了。有人请 K 编辑下楼。片刻，他又上楼，神情更为黯然。伏案继续工作。他记得《魔圆》已阅，感觉质量平平，就作了退稿处理。

G 君收到附有铅印退稿笺的《魔圆》，不禁喟然而叹。他含泪烧掉了所积存的全部退稿，那黑色的灰烬足足有一大盆。

他弃笔改做小生意，专门经营鞋帽。

一年后，W 市的桥埦商场上，增加了一位小有名气的富有者。他便是 G 君。

不久，W 市首届作家代表大会召开，G 君由于解囊赞助会议 29900 元，被聘为市作家协会名誉理事。

B

W市有个文学青年G君，长期刻苦写作，收获甚微。看到那些捧铁饭碗的朋友和写作无缘，却提干的提干、发财的发财，他并无多大的慕意。但他写得委实太苦了，且采用率近似零，堪称"退稿收藏家"，不免有几分沮丧。

众所周知，现在稿件作信函计，邮资不菲。他无别的收入，仅靠原有的一点积蓄度日，一个月要寄发十二三篇稿件，开支不是小数。他只得用少吃点、少花点，来弥补经济上的缺口。

炎炎夏季，笔耕一星期，G君终于完成一篇29900字的短篇小说《魔圆》。自我感觉极好，满怀希望挂号并附退稿邮资寄出。

半个月后，这篇小说稿到了F省文学双月刊《芳草地》编辑部的资深编辑K先生手里。K编辑近日有点春风得意，他责编的一篇中篇小说在京城某文学基金评奖中荣获年度大奖，他则获了个"伯乐"奖。电话铃响了。有人请K编辑下楼。片刻，他又上楼，神情更为焕然。伏案继续工作。他记得《魔圆》已阅，感觉其写法很独特，于是复阅，随后作了几处补缀和润笔。主编终审，拍案叫绝，免不了夸奖了K编辑几句。

不久，《魔圆》以带头稿之幸运，全文刊出。引起广大读者的注目。自此，G君声誉鹊起，家里的积稿走俏，一一得以发表，约稿函纷纷飞抵。

一年后，W市的知名人士中，增加了一位天才的、前途无量的青年作家。他便是G君。

不久，W市首届作家代表大会召开，G君由于言谈不够谨慎，态度不够谦逊，得罪了不少与会代表。在市作协理事的选举中，得票甚少，未能进入理事行列。

步履的研究

别笑话森先生。森先生虽然是个没什么财力、没什么才气、没什么专长的普通小科员，但近年来，他倒有点真本事了。当然，这种本事在您眼里，或许至多只能算是雕虫小技。为了叙述清晰一点，先介绍一下森先生的工作环境吧。

森先生所服务的那个 K 局的办公楼是座旧式木结构楼房。天花板较低，脚下一律是油漆斑驳的地板，尚结实。他的办公室在二楼，门前是条走廊。走廊的尽头是局财务科。这就是说，每天路过他的办公室门口的人特多。财务科办理报销差旅费、借款付款、发放工资奖金，能不闹么？

森先生的办公室里，连他在内总共有三名科员，通常情况下，他一人办公，另两位同事长期有外差。他的办公桌面窗，换句话说，就是他的座位背朝门。

您也许就明白了，他的“雕虫小技”和研究成果是在这种独特的环境里慢慢得以发展的。

走廊上一响起步履声，他就回头看，倏忽间就认出谁来。他开始考验自己的判断力——先是听到由远及近的步履声，心里便揣摩是谁路过，然后再掉过头看是谁。天长日久，何种步履是何人，他就能很准确地判断出来。这当然只限于本局人员以及常来本局客串的人士。

至于较少光顾本局或初次来本局办事的人员，可以毫不夸张地说，他光听他们的步履声，就能鉴别布鞋、皮鞋、高跟鞋、钉钉的和软底的鞋、普通的球鞋和高档的旅游鞋；能鉴别年轻的、年迈的、男性或女性；还能鉴别有现职的和业已离退休的、体健的和病弱的、有正事的和逸闲的。

森先生最爱听年轻姑娘的步履声。那种声音非常神妙，简直是音乐和天籁之音。听那种时而轻盈时而飘忽的、弹性十足的步履声，他感到是种极妙的享受，每每心驰神往、浮想联翩、灵感顿生。遗憾的是，本局能发出这种步履声的年轻女性不满十人。

他最畏惧的声音，是本局的娄局长的步履声——沉稳、凝重、坚定，似乎迈一步生一种盘算，迈一步怀一种掂量。

一天，森先生正在做一件十分诱人的私活——预测昨天买的 10 张体育彩票有无可能中什么奖，走廊那头响起了步履声，他的心里不由得一阵惊慌，娄局长来了。他赶紧把那些体育彩票放进抽屉，起立，作迎接状。

谁知，出现在森先生面前的不是娄局长，而是局办公室主任戚同志。

森先生傻笑着，手指拼命搔头。判断第一次有误。他低着头，发现戚同志脚上穿了一双崭新的三接头牛皮鞋。在哪里见到过这种颇海派的皮鞋？好眼熟啊。森先生的脑海里有关皮鞋的印象飞快地叠印着。嗬，想起来了，娄局长脚上的皮鞋也是这种款式。

想不到的事是，一个星期后，娄局长办妥了离任手续——因工作需要调外单位任职。紧接着，新局长的名单公布了。新局长居然是原局办公室主任戚同志。森先生闻悉后又傻笑了一次，弄得旁人莫名其妙。

后来，那座旧办公楼拆造了，K 局搬到钢筋水泥结构的七层高的新大楼。虽然森先生的办公室仍在二楼，办公室的门仍临走廊，但由于大理石铺设的地面光溜溜、硬兮兮、冷冰冰的，缺乏木质地板的弹性，他原先的那点“雕虫小技”不管用了。不过，如果您问他愿意不愿意继续琢磨琢磨，他会回答：愿意。他非常乐意继续进行步履的研究。但这需要时间。他有信心慢慢从鞋跟叩击大理石地面的声音里，探索出一个神秘的世界来。

因为，森先生就是我本人。

怪 蛋

省城的《东方快报》收到省辖市荷城的通讯员阿棒的来稿，称僻远的藕县桃乡杏村的养鸡专业户刘大大家的一只芦花鸡，生了一只重1000克的双黄蛋。此事引起老记者们的好奇。

快报总编派资深记者大安去荷城找阿棒核实。见到阿棒，阿棒对大安说，他的这份材料是藕县晚报通讯员阿慎提供的，并拿出原稿。大安仔细审读，发现问题：阿慎原稿称鸡蛋重500克。大安便斥问阿棒为何要弄虚作假。阿棒解释："我不过是合理想象一下，鸡蛋大到1000克，那才叫'怪蛋'哩。"

大安拉着阿棒去藕县找阿慎进一步核实。阿慎是该县的积极通讯员，一年撰写百余篇稿子，很少有失实的。他说，关于"怪蛋"的材料，他是从桃乡的乡政府宣传干事阿遐那里弄来的。核查阿遐的原稿，称此蛋重250克。

大安和阿棒有点不悦了。250克是500克的二分之一，也太夸张了吧。阿慎说："唉，重500克的鸡蛋才能称奇道怪呀，我不过把它翻上一倍，又没在后面加个'零'！社会新闻嘛，总要捣鼓得有点趣味才好。"

大安和阿棒拉着阿慎去桃乡找阿遐。三人问及怪蛋的事，阿遐从抽屉里拿出一份稿子，是杏村通讯员阿蛋汇报上来，他说那只鸡蛋重100克，也算大的了，但尚不算太大，所以给乡里汇报时就说成是250克，加了150克，这种事又没有实际财务进出，不过是给读者娱乐娱乐、调调味而已。

大安心中有数了，就拉着阿棒、阿慎、阿遐去杏村找阿蛋。

阿蛋刚从刘大大家出来，见到这几个人很高兴，当获悉他们是为刘大大家的芦花鸡下的蛋而来的，就一拍大腿："中！我们现在就去刘大大家实地考察一下。"

刘大大很高兴，当即拿出10多只鸡蛋，说："这些都是那只大芦花母鸡下的。鸡蛋是大了一点，用秤称过了，每只蛋大致上重一两半，也就是75克。”

阿蛋说：“前几天我就知道这个情况了。是75克左右一只，但向阿遐送稿子时觉得这点重量还不算新闻，所以我就合理想象到100克，虚拟了25克。一只鸡蛋二两——100克重，也算新闻了。”

大安笑道：“75克到了省城，变成了1000克了。”

刘大大厚道地说：“也别怪阿蛋、阿遐，生活中这类事，难道还少吗?”客人们听了，便闷声不响了。

曝光轶闻

那一年的春日里，D 城首届摄影作品大展赛在市艺术大厅拉开序幕。

开幕式是极隆重的。剪彩是少不了的。

盛况空前。凭票入场。幸运的持票者秩序井然地鱼贯而入。

在最明亮的大厅前沿，首先落入人们眼帘的是用金粉书写的“大展赛前言”——请用眼睛看，不要读出声，在心里默念：

……这次展出的一批摄影佳作，均带有“曝光”色彩。或批评不正时风，或抨击畸形世相，或讽刺群众中的麻木不仁之心态，或剖露明哲保身者的鼠目寸光。可谓淋漓尽致。对……大触动；对……大促进。下面请依次观赏。

作品 A——

画面：有人落水，围观者如云，无人下水抢救。

文字：唉，时风。勇夫哪里去了？

作品 B——

画面：建筑物起火，一大群人抱头逃窜。

文字：是公家的财产呀！逃、逃、逃，逃可耻！

作品 C——

画面：歹徒行凶，匕首高举；英雄一人，鲜血如注。

文字：歹徒胆壮，是赖于众人之懦弱。何时社会大展正气雄风？

作品 D——

画面：两斗殴女子。厮打。一人上衣成碎片，露出高耸的乳房；一人长发遮面，斯文全无。有男子围观，静立笑看。

文字：女斗殴，雌兽矣。围观男性笑看，无一劝架，雄兽无疑！

作品 E——

画面：一壮男举硬拳，朝一老翁的头部击去。

文字：欺凌老者，强者乎？弱者乎？

作品 F——

画面：一淑女倒地，一悍男压其身，动作。郊野。

文字：光天化日强奸，目无国法，国法难容！

作品 G——

画面：昏天黑地灯一盏，两男两女相对坐。搓麻将，手乱舞。一幼儿在墙角睡去。

文字：万事可休，只是赌事不可休；儿可不要，只要尽兴垒方城。

作品 H、作品 J、作品 K、作品 L……

观赏者无不被深深吸引。群情激愤，纷纷在留言簿上写下观后感，表达“强化法制，以弘扬正气”的心愿。

一日，一中年男子携其十一二岁的儿子步入展览大厅。

儿子时露懵懂状。其父不时悄声解释。

忽然，儿子问父亲：“爸爸，拍这些照片的是机器人吗？”

父亲淡笑：“哪能呢？当然是人——摄影师拍摄的喽。”

那小男孩手指一幅照片，秀眉紧蹙：“那些拍照的人为什么不可以管一管里面的坏人？”

那中年男子闻言一愣，随即大声喊道：“对、对，那些拍照的人，业余的和专业的摄影家们——你们为什么不可以管一管？”

大厅里的观赏者们愕然注视这位语出惊人的男性公民。秩序大乱。

管理人员作驱赶状。稍后，这位中年男子连同他的儿子被撵出大厅。

后查，这男子患有精神分裂症。

魔 杆

这几年，大运河畔的G市城建发展很快，新添广厦千万间。新城区比老城区扩大了好几倍。与此同时，市区的马路，拓宽的拓宽，改造的改造，新辟的新辟，颇有点现代化城市的派头，市民们脸上添光不少。

在市区东郊商业网络发达的S地段，有个丁字形路口。路口靠近大宇宙煲店门面处，竖着一根业已报废的木质电线杆。此杆有五六米高，稍有点倾斜，梢头还留驻着几只夹电线的瓷瓶，下部涂有沥青。它漠然立在西向和北向结合部的路角，离人行道三米之距，像一位不合时宜的老人逗留在时髦的街面上，很是触人眼目。它委实是马路拓宽残留的痕迹，但谁也弄不清楚，为什么要让它永久性地留守此处。

有不少人吃了它的苦头：

比如有位“眼镜”边走边读报纸，头部撞在这根电线杆上，眼镜都撞碎了；比如有位摩登女郎骑了辆高级赛车，撞上它，摔了个“脸朝天”，连那条新潮超短裙都剐破了，狼狈不堪；再比如，有位干部模样的中年人，骑车的速度较快，临时避电线杆，车头一扭而撞到卖豆腐花的担子，右手烫起泡不说，还赔了豆腐花贩子100元损失费；等等。

于是就有热心的市民打报告或写“人民来信”给有关部门，要求尽快拔掉这根报废的电线杆。

围绕电线杆的“小冲突”、“小摩擦”继续发生。不见有人来拆它。人们不能贸然擅自去拆——这要有工具，拔杆后路上留下的洞孔还得铺平，这一系列事情不是哪个热心人能包揽的。

等到S地段的市民们似乎彻底失望的时候，市政府大院里一位极有身份的人也骑车撞在这根电线杆上。翌日，就见城建部门派出人员立马清障。电线杆被拆除，新添的洞孔被填进碎石，烫热的沥青浇上几勺。来了一辆小型压路机，那个像横置的油桶一般的滚筒轮那么一碾，洞孔处就平展了。

可是，就在拆去电线杆的第二天，一摩托车与一面包车在电线杆原址相撞，造成一伤一亡的惨剧。不出一个夏季，S 地段的丁字路口连续发生了三起重大交通事故。这可不得了。

于是就有见过世面的人提出在丁字路口增设交通亭。实施这个方案至少要 20 万元，且另需添三个交警的编制。这在财政略显紧张的 G 市，似乎很棘手。

于是新闻媒介、街头广告和居委会值勤人员广泛告诫行人和驾车者，为了家庭的幸福务必注意安全。尽管如此，上等级的交通事故仍在 S 地段丁字路口频频发生。

也有人提出，恢复原址的那根废旧电线杆。此杆被弃在一废物场，尚无人问津。不知怎么一来，在官方毫无察觉的情况下，一夜之间，废旧电线杆就重竖于旧址，纯属民间行为。据说仅花费了近百元钱。

现在，又过去了半年。在这半年中，虽然此处依然不乏车撞“杆”、人撞“杆”之摩擦，但尚无可统计为交通事故的。

离电线杆最近的大宇宙煲店的马老板称此杆为魔杆，而 S 地段的市民喜欢称它为“安全杆”，神哉。

锁在一起的情缘

江南的一对新婚伉俪阿竹、阿菊就是冲着“感受黄山，天下无山”这句广告词，加入赴黄山的旅游团的。一路上，阿竹向阿菊披露心里的想法：“估计此山比较峻峭，难以攀登；如果连黄山也登上过了，那么天下什么山都能上。另一层意思恐怕也是指，上黄山的辛苦吃得消，天下什么辛苦都不用怕了。”妻子听后轻声地笑了，也不接话茬儿。

等到了黄山景区，登上一道又一道山坡，看到千峰竞秀、万壑藏云的奇美景色时，夫妻俩一边喊累，一边赞叹。在半山腰睡了一晚，翌日凌晨，他俩登上望日台等候日出。天边慢慢露出鱼肚白，火红的旭日冉冉升起，彩霞绚烂。“太美了！”阿菊惊叹道。下了台岗，旅游者朝一条山路前行。有一个售货亭，出售各种旅游纪念品，柜台里摆着各种各样的锁，是供旅客锁在护栏铁链上作纪念用的。阿竹花了 15 元买了一把铜锁，并让售货员刻上“竹、菊”二字。在云雾茫茫的崖壁旁，他俩把这把情爱锁扣在铁链上。

不虚此行，是这对江南伉俪游黄山的共同感想。

那天，和他们同上黄山的还有来自东北的阿旭和阿露。他俩也是新婚燕尔，也是受“感受黄山，天下无山”这句广告词的诱惑，千里迢迢来到安徽。一路上，阿旭对阿露说：“我想啊，黄山一定很美，饱览此山风光，天下的风景也不过如此了。是这个意思吧？”妻子微笑着点点头，觉得老公的说法有道理。

他们玩得很痛快，也很累。阿露的脚都扭伤了。登海拔 1840 米的光明顶，她还是坐着“轿子”上去的。夫妻俩还坐缆车，俯视脚下的风景，赞口不绝，恍若身处仙境。在眺望日出时，这对夫妻就在阿竹和阿菊身旁，因为素昧平生，彼此的印象也是淡淡的。就在阿竹和阿菊把象征爱情的铜锁锁在铁链上的那一刻，阿旭也花了20元钱买了一把更为精致的铜锁，并在锁面刻上“旭、露”二字。待前一对有情人离开护栏时，他俩便把这把情爱锁扣上了铁链。他们还在崖壁旁久久地欣赏前方的云雾烟海。“太美了！”阿露赞美那片皎洁柔美、静中有动的云海时，满面绯红，摇晃身姿，肢体语言更为丰富。

这对夫妻归返东北时的感想，也是不虚此行。

商海拼搏，家事缠绕，岁月似水。江南的那对伉俪竹和菊，对固有的程式化的生活渐生倦怠。不久，阿竹去东北寻找创业空间，后来认识了一位爽直而内秀的哈尔滨女子。两人一见钟情，但限于彼此都有家室，感情上的事也不忍扩张。几年后，阿竹回家，发现妻子另有所爱，也就顺其自然分道扬镳。

奔事业，操家务，阿旭和阿露身心疲惫，更糟糕的是，两人的情感磨合出现问题。几年后，阿旭到江南谋求发展，和妻子渐渐疏了联系。他相识了一位貌美心善的女子，并滋生出爱意。不久阿旭和阿露的婚姻解体。

这年初夏，阿旭带着再婚的妻子，又一次上了黄山。在那片云雾烟海处，夫妻俩买了一把新锁。在铁护栏旁，阿旭发现了五年前他锁在这里的那把情爱锁。更称奇的是，此锁旁边的那把锁上刻有“竹、菊”二字。名叫菊的妻子，眼睛湿润了，她把新刻有“旭、菊”二字的新锁与那两把旧锁扣在一起。

不久，又一对情侣来到这里。新郎是阿竹，他也再次买了一把新锁，在选择扣锁位置时，他发现了那扣在一起的三把锁，不免称奇。更让他意想不到的是，其中的那把新锁上刻有“旭、菊”二字。他叹了一口气，把刻有“竹、露”二字的新锁和那三把锁扣在一起。妻子感觉到夫君的神色有点异样，低首察看那些情爱锁，还是竹、菊、旭、露四个字，只是组合变了。她啜泣起来。

黄山实在是太美了，值得人们再次攀登。人生漫步，有风雨，自然也有彩霞飞舞；至于情缘，仅靠一把铜锁，能否永远地扣住，谁也没有把握。

第七辑

岁月档案

古楼下的座钟 / 魔桌 / 掌声响起来

老花匠的遗嘱 / 夜半电话

说病 / 舞厅月票 / 名人的待遇

黄金屋 / 茶杯的幽默

古楼下的座钟

我在朋友处听来这样一个故事——

开春的时候，W 市那条时而热闹、时而寂静的西街弯角的一隅，竖起一块钟表厂的大型广告牌。广告牌色彩绚丽，画面是一只特大的座钟。粗壮的时针指向“7”与“8”之中段，清癯的分针指向“6”，叫人老远就可望见这画钟宣告的时间：7 时 30 分。

广告牌的斜对侧有一幢尖顶古楼，最高层那扇朝向广告牌的窗，终日启开。傍晚时辰，这窗口总探出一位神情郁郁的中年男子。他是在眺望广告牌上的座钟，还是在欣赏暮色，不得而知。反正一到傍晚，无论晴雨，他都在这窗口出现。

不知从哪个傍晚开始，广告牌下出现一位着装时髦、风韵犹存的中年女子。她撩袖露出白皙的手腕上那精巧的金链手表，明眸朝画钟瞄了一下，又朝手表瞄了一下，神情潸然。潸然了一阵，又缓缓地、非常疲惫地离去。几乎是习惯了，她总赶在天黑之前路过这儿，风雨无阻。同样的对表姿势，同样的神情，同样的步履。

春季就这样平淡无奇地结束了。

街旁的法国梧桐的绿荫越来越浓。

整个夏季也悄然消逝。

初秋里的一个傍晚。那位中年女子又路过广告牌下，照例小停，伸出素手作对表状。她的脸色一惊，随即嫣然一笑，疾步离去。

从此，在这街口的广告牌旁，再也没有出现这位女子的倩影。

尖顶古楼上的那扇窗户关了。

倚窗的中年男子常常在广告牌下徘徊。他披着画师常披的那种蓝色风衣，风衣上粘着一些斑斑点点的七彩色。他脸上的忧郁已经消失，替而代之的是一种等待着和谁会见的焦灼。

只有非常细心的人才能注意到：广告牌里那座钟的时针已被挪动了，指向从原来的“7”与“8”之中段，移到“5”与“6”之中段。当然，这是用画笔修改而成的。

后来，下了一场大雪。

再后来，西街拓宽，那幢尖顶古楼被拆除，而那块钟表厂的广告牌也搬迁了。

朋友的故事讲完了。我再三催问“再后来”的故事，朋友摇摇头无可奉告。于是我陷入沉思，试图给故事加个结尾。现在想出来的结尾是这样的——

直到很久、很久以后，我们才有机会了解到那两位陌生中年男女感伤的罗曼史：古楼上的中年男子是W市广告公司的画师。那广告牌当然是他设计的。他年轻时的某日的19时30分，和恋人在此有个决定他俩婚期的约会，而对方却未能赴约。那位中年女子是W市钟表厂的工程师，她的未婚夫在15年前某日的19时30分不幸死于车祸，而这天的17时30分，他俩相约在西街餐厅会面……

魔 桌

小安终于如愿以偿，从车队调到市交通局，那高兴的劲头就别提了。报到手续办妥后，局里的行政科科长老克领他到楼梯间搬出一张写字桌。

当他擦去灰尘后，写字桌就满身生辉了。六只抽屉、一扇门，大抽屉装有铜锁，桌面是独块板的，油漆是咖啡色的，九成新。小安自然满意得不得了。

可是当他把这张写字桌搬进他任职的部门——劳资科时，包括科长在内的六位同行原先欢迎的表情陡然大变，惊恐的有之，忧虑的有之，憎恶的有之。小安当然不明白个中道理。

原来，这张九成新的写字桌的主人——原局办公室主任捷君在数年前患骨癌死了。于是，这张办公桌就提前退休了。尽管局里仍在使用的办公桌挺简陋的还不少，可谁也不愿意换之。上半年，这张写字桌曾先后分配给两位新来的同志办公，可都未用上三旬便退给老克了。仿佛这张桌子也患了骨癌似的，老克科长怎么解释都有无济于事。

这一夜，小安失眠了。他想是否可搞点酒精把桌子擦擦消消毒，或者放到太阳底下晒它半天，还是用点油漆给它上上新？他并不是胆小鬼，他相信科学，但他受不了同科室的同事们脸上太复杂的表情。

翌日，他找到老克说："我还年轻，就用这样考究的桌子，不合适吧？是否能换一张和我资历相称的旧一点的桌子？"

老克无言以对，他知道，再解释也是白搭。

退桌就退桌吧。可局里正在搞"双增双节"，很想省下一些钱。但小安得工作，得有张办公桌。老克科长没法，只好将就点把行政科置热水瓶的三抽桌给他。

于是，小安就把破旧的腿儿、摇晃的只有三只抽屉的桌子搬进科里，同事们全部作欢迎状。

小安用这张三抽桌办公已逾半年，工作出色，身体健康，和同事们关系融洽，大有希望。而那张九成新的六个抽屉、一扇门的写字桌又在暗无天日的楼梯间挨过了六个月。

一日，该局早已离休的老局长到局里闲坐，偶尔谈及原办公室主任捷君生前的故事，才让大伙儿对楼梯间那张写字桌有了新的认识。

原来，捷君并非死于骨癌，而是死于心肌梗塞。只是在心脏病突发前的半年里，他曾被自行车相撞以致右踝骨裂。这与骨癌毫不相干，以讹传讹了。至于捷君心脏病突发的原因，据说和他失却了一件什么珍物有关。是件什么珍物？老局长不言，永远是个谜了。

事实一经澄清后，小安的心情为之释然。心脏病是不会传染的，总比癌症的可怕度低一些吧。可是不知为什么，局里的同事一旦对捷君的死因有了新的认识后，恐惧的心绪反而加剧了。在征得现任局长同意后，人们七手八脚把楼梯间的那张写字桌移至旷地，用柴刀劈之，浇上汽油将它点燃了。

顷刻间，写字桌化为灰烬。

人们轻松地笑了，笑着走开了。旷地上只剩下神色忧郁的小安。他蹲在灰堆里拨出一把烧黑的抽屉锁，还有一枚金黄色的小巧的十字架。

掌声响起来

天气阴沉下来，窗玻璃上蒙满雾气……

荷县荷乡养鸡场的小会议室里，烟雾缭绕。县文联主席、青年作家陶敬文，和这个养鸡场的场长、初中同窗好友丁细毛的“谈判”依然没有结果。

事情并不复杂。为了繁荣家乡的文学创作事业，养鸡专业户丁细毛决定出资20万元，作为奖励基金，以其年利息，全部奖给每年县文学创作成绩优秀者。这无疑是一个值得敬佩的壮举。但在基金的称谓问题上，意见稍有差异。

陶敬文吐出一口烟：“老同学，我是想，这个文学奖是以您的名字命名的。您以前写作时也用过丁犀矛的笔名。犀矛，坚固的兵器也，细毛又和犀矛谐音，不是很好嘛……”

比陶敬文年长一岁的丁细毛，坦然一笑：“陶兄，这样一改，雅是雅了点。可是，您想过没有，这方圆百里，谁不知道我丁细毛！细毛、细毛，粗细的细、鸡毛的鸡——写信、打电话什么的，又顺口又简便明了……”

锣鼓听声。陶敬文满脸堆笑，告辞：“这不过是我个人的建议，仅供您参考……”

丁细毛握紧陶敬文的手：“好，明天我会给您一个定音。”

翌日，丁细毛和陶敬文通了电话。

几天以后，县有关领导和文艺界知名人士及各方代表数百人，光临该县最冷僻的荷乡。连县里小有名气又有点喜欢摆架子的作家、诗人张运通、周雅风、赵广采、刘淡馥等人也匆匆赶来了。

荷乡大会堂。座无虚席。

陶敬文主持会议。他用中气很足的声音宣布：“荷县丁细毛文学奖基金会成立大会，现在正式……”

掌声响起来。

“下面请基金会会长丁细毛同志讲话。”

掌声四起。

此间，主席台上一位三十岁上下的庄稼汉站起身来。他粗手粗脚，神情淳厚又不失精明。他双手举过头顶，鼓掌，向与会者点颔致意。

全场响起暴风雨般的掌声。

三五个摄影记者在忙碌着，对准焦距，弧光打亮；电视摄像机的镜头在大横幅上扫描。

丁细毛红光满面：“……我也做过文学之梦——很遗憾，我没有成功过。看来，养鸡才是我的最佳选择。我的老同学陶敬文是个写小说的高手。我寻思，我们县应该有许多个陶敬文，应该出鲁迅、茅盾、巴金。我寄希望于你们。”

又一阵雷鸣般的掌声响起，众人起立，向这位名叫丁细毛的、勤劳致富的、做过文学梦的、为精神文明建设慷慨解囊的庄稼汉致敬……

哗哗哗、哗哗哗，窗外的雨下得越来越大。丁细毛终于泪流满面地苏醒过来。从陶敬文前来“谈判”，到众人报以的热烈掌声，都是发生在梦境里的事。就在三四个小时前，他由于极度的疲劳，加上闻悉自己饲养的1000只鸡——他的所有家当的十分之七——大部分已经瘟死，昏睡在自己的小屋里。此刻，他的精神好多了，重温刚才那个突如其来的梦，脸上有了笑。为了那个梦，也为了梦里的掌声，他下了狠心要重新振作起来。丁细毛拉开门，冒着大雨，朝那个简陋而狭小的养鸡场奔去……

五年后的春季，以丁细毛的名字命名的文学奖基金会正式成立。荷县的文学季刊《新荷》杂志，以带头稿的地位，发表了陶敬文撰写的题为《掌声响起来》的报告文学，详尽介绍了丁细毛的创业经历及其奉献精神。有人戏说，这篇长文是作为丁细毛捐资20万元的“精神回礼”，云云。

老花匠的遗嘱

在荷镇西街的老巷深处，住着一位钟爱花卉的老花匠。他家的后院种了百来盆各式花卉，四季飘香。老花匠最钟爱的是一盆高约70厘米的老石榴树。这棵石榴树跟随他半辈子了，长得苍劲而匀称，古趣盎然。老石榴树每年夏、秋，满树红花；冬天便结出四五只硕大的石榴。只是那只花盆粗糙了点，有点儿不太相配。

有一天，老花匠在后院侍弄花卉，正好他的独生儿子阿黟走来了。父亲对儿子说："那盆石榴树，千万不要给它换盆。"

阿黟是绸厂的一位青年电工，人很英俊，心地善良。他不明白父亲的话，就凑近问："爸，您说这干吗？"父亲却沉默不语。

没几天，老花匠不幸遭遇车祸罹难。那句话竟成了他的遗嘱。

父亲故世后的五年中，后院的花卉依然兴茂。阿黟对那盆老石榴树照料得更是周到。

一天，一位和绸厂有业务联系的苏州客人打听到阿黟家有许多花卉，诚心登门赏花。客人一眼看中了那盆石榴树，欲买。"我出这个价。"苏州客人的右手五指叉开，朝前一挺，"5000元！"

阿黟摇头："不卖。"此时，阿黟正在筹办自己的婚事，很缺钱用，但他还是忍住了。他笑道："这石榴树乃是家父生前的爱物，万万不能把它换钱的。"苏州客人原先预备出到1万元，见阿黟心诚意切，也就作罢。辞别时他又痴痴地观赏了一番石榴树。

不久，阿黟和同厂的一位名叫婵美的挡车姑娘结了婚。夫妻俩上班时潜心工作，下班后的空闲时间就养花、赏花。婚后的日子过得安定而温馨。几年来，阿黟和婵美省吃俭用，也购置了录音机、洗衣机、冰箱、彩电等家当。

尽管阿黟尽心照料满院的花卉，也有疏忽的时候。一次，他在改变花卉位置时，不慎把石榴花盆碰碎了一块，这就很不雅观了。毕竟年月已久了，阿黟记不得父亲的遗嘱了。他特意去陶瓷商店选购了一只大号六角形紫砂盆，准备给石榴树换盆。

那天，他轻轻地撬松旧盆里的熟土，又轻轻地把石榴树连根拔起。根系上粘有什么东西，沉甸甸的，很吃分量。他先用手指触之，后掰开泥团，惊讶得合不拢嘴。原来石榴树根下藏着一串宝石戒指，足足有20只。

一夜之间，阿黟成了富豪。他辞去了工作，整日里东游西荡。家里都是舶来品，身上穿的也都是舶来品，喝名酒、抽名烟。他今天登泰山，明天游黄山；上飞机、乘“宝马”，出尽风头。他还长期包下卡拉OK豪华包厢，夜夜泡在舞厅里。

婵美过不惯这种奢侈而喧闹的生活，含着泪到母亲家投宿。

阿黟我行我素，宾朋前簇后拥，高级宴席餐餐翻新。不出一年，20只宝石戒指变换来的那笔巨款被他挥霍殆尽。

于是，阿黟又去翻盆。他把后院百来盆花都一一连根拔起，在黑土里细细寻觅，不放过每块泥疙瘩，但一无所获。他不肯罢休，翌日又去后院给所有的花卉换一次盆，依然没有出现奇迹。由于换盆次数多了，那些花卉都被折腾得伤根落叶，不久都枯萎了。

婵美再三劝告丈夫，但未能奏效。她再也忍受不了，和阿黟办了离婚手续，去寻找另一种宁静的生活了。

阿黟依然每天在后院换盆，寻找财源。在他极度疲惫和清晨神志清醒的一瞬，老花匠的遗嘱会像云雀的声音在他耳畔萦绕……

夜半电话

侯君和皮君在机关里都是副科级干部，多年未晋升了。这样，他俩就离住宅电话免费使用的资格相差半级，为此曾忧虑过、恼怒过、牢骚满腹过。

后来不知怎么一来，侯君和皮君都晋升为正科级，于是双双取得住宅电话费用由单位买单的待遇。这真是太好了。头几个月自然十分新鲜刺激，住宅电话使用率极高。长途、短途，市内、市外，公事、私事，一概短话长说；讲故事、讲天气、讲笑话、讲物价、讲股市，什么内容都有。有时来劲儿了，即使夜深了，侯君和皮君还抓着电话筒不放。

一日，侯君在半夜接到一个电话，对方自称是皮君。电话内容是，要侯君听完电话后马上赶到市经济协作办公室去，那边有位贵客在等；并说，客人这次来主要是为了赠送礼品的，见到侯君后当即要返回省城，皮君本人也在大门口恭候他，云云。

窗外下着密密的细雨。侯君不敢怠慢，放下电话披上雨披，骑车至3公里外的那个办公室。途中跌了一跤，万幸单车和身体均没有受到实质性伤害。总算到了会晤地点。只见办公室的门紧关，里面漆黑一团，没亮灯。侯君大惑，想掉头回家，又担心客人说不定还在路上，恐失会面和接受礼品的机会，便一直在门旁的车棚里等到天明，还是不见客人和皮君的影子，气得他直跺脚。

侯君回机关找到皮君，严斥他的夜半恶作剧。皮君申辩："这是没影子的事。昨夜我睡得非常好。请你不要误会呵，一定是谁借用我的名义来捉弄咱俩。要知道，对咱俩晋级后享受公费家庭电话，妒忌的人是很多很多的。"

侯君听听也有道理，就不作计较。

此事过去了一个月，也无啥更新奇的事发生。

一日半夜，皮君家的电话铃声大响。是俟君打给皮君的电话。内容如下：根据局领导布置的精神，明天一早上班不要去单位，直接去海丰宾馆碰头；早餐、中餐都一律在那里吃，实验性地开一个用餐办公会议。俟君在电话里叮嘱皮君一定不要误事，并提醒一个月前的那个“夜半电话”之所以叫人上当，是因为忽视了辨识打电话人的声音。

“皮老兄，您现在听得出是我的声音了吧？”俟君笑呵呵地问。

皮君回应说：“听出来了，是您，俟老兄。谢谢啦，我明天一早准时赴宾馆。”

翌晨，皮君兴冲冲徒步赶到3公里外的海丰宾馆。他早就不骑车了，一直在坚持“走路健身”锻炼。谁知宾馆大门口挂着一块牌子，上书：本馆内部维修，停业半月。

皮君早餐没吃，又走了那么多路，肚子饿得咕咕直叫。他又气又恼，急匆匆赶回单位找俟君算账。可就是不见俟君的人影。

皮君只好暂且把怒气压在肚里。三天后，俟君来单位了，皮君遇之大骂：“小人、小人，想报复？哼，上次的电话不是我打的，跟你说清楚了的，你还要……”

俟君大惑，了解事情的真相后，大怒：“哼，我吃饱了饭撑着？有兴趣开这种低级玩笑？”口气轻蔑之极。

自然的，两人的关系弄得很僵。

又过了半个月。在市精神病医院新设的“神游诊室”里，俟君和皮君不期而遇，且两人都由其夫人相携。俟君、皮君均被医生诊断为：电话梦游症——打电话打得走火入魔了，发展到一觉醒来就给熟人打电话，而天明时却浑然不知是自己所为。

后来，各行各业抓整顿风气，讲究廉政、勤政，俟君和皮君所在的部门是重点整改单位，实行每月公布公费住宅电话费和超过额度即自费的新办法。再后来，俟君和皮君的怪病也痊愈了，两人的关系也很快正常化了。

说　病

小车在P市第一医院门口停了下来。

清瘦的陈秘书和满头白发的黄局长一起走下车来。看得出，他们经过长途颠簸，不堪疲倦，脸色都有点黯然。

正当中年的陈秘书和黄局长的私人感情很好，黄局长也非常信任他。局里的人都在私下里议论，说陈秘书是局长的最佳人选，云云。有道理。陈秘书办事很干练，笔头又灵光，是块好材料。欠缺的是，他的身体差了点，三天两日，不是伤风就是感冒。此刻，他手里捏着一只公文包，包里当然有钱，更为重要的是还藏有一份病历卡。转院前，当地的医生叮嘱他要谨慎保管，所以他也没有给黄局长过目。

两人在走廊上候诊。

在黄局长去厕所小解时，陈秘书又翻开那份病历卡。那双怔怔的眼睛直盯那个“Can · Cer”外文字。他不知道这是什么意思，但有种心惊肉跳的预感。

这间隙来了一位面容娇美的女护士。陈秘书唤住她：“对不起，打扰了，请问，这——是什么意思?”他手指着那行外文。

女护士在病历卡上浏览了片刻，脱口而出：“癌——晚期。”

陈秘书闻言，即刻昏厥过去。

躁动，喧嚷，纷沓的脚步，陈秘书被抬进急救室抢救。

黄局长气喘吁吁地赶来了：“怎么回事?”

女护士得悉这位老者和昏厥者是一起来的，把病历卡递之：“请您无论如何得劝劝他。他得了癌症，并且已是晚期，我不慎透露了真情，他吓得昏过去了。现在他透过气来了。”

黄局长恍然大悟："噢，是这样……"

女护士瞄了他一眼，接着说："看得出，您是一位睿智而又仁慈的长者。您的话一定富有号召力，他会听您的。请您和他谈谈，谈谈生命，人生的价值不在于寿命的长短。生命诚可贵，人总是要死的。幸福是多方面的。人应该活得洒脱点、勇敢点。被人们纪念着，虽死犹生……"

她说得极诚恳，显然是为了减轻自己刚才失言所产生的内疚之情。

黄局长皱了皱花白的双眉。一丝不易觉察的痛苦和绝望的神情在眉宇间逗留了一下，随即消隐。

他的左手捂住胸部，当一阵咳嗽平息以后，笑了笑说："谢谢您，护士同志。他是我的秘书，陪同我来看病……得癌症的是我……这病历卡是我的。"

女护士顿时目瞪口呆，继尔潸然泪下。她非常敬佩地朝他点颔，上前搀住他微倾的身躯。

舞厅月票

关达宏在咱们荷城，也算得上是个人物。简而言之，他的名气颇大。当然，这种名气仅限于他的熟人旧好之间——就像卖烘番薯的未必会知道钱钟书；钉鞋钉的未必会知道所在城市的市长姓名一样。

这天晚上，当关达宏独在寓所闲听音乐时，门铃被揿响了。来客是淡仓君，他昔日的老邻居。关达宏接待得非常之热情，拿来出上好的烟、茶，还有上好的果品、饮料。主人脸上的笑，会使客人觉得向他提出任何要求都能得到满足似的。淡仓君呢，彬彬有礼地从这只沙发，移挪到那只沙发，态度恭敬，显然有求于关达宏。淡仓君在 10 分钟里，把关达宏的住宅大大地称赞了一番，还对关达宏昔日的为人大大地称赞了一番。

关达宏终于抑止不住好奇，试探客人的来意："老邻居，好几年不见了，在哪里发财啊？"

"不好意思，不好意思，工薪阶层，发财无缘。"淡仓君享用了一罐雪碧后，说，"敝人原在蔚蓝轻纺二厂任人事科副科长，眼下嘛，下岗了。"

"人事科副科长……下岗了？噢、噢，好啊！"关达宏笑眯眯地说。

淡仓君转入正题："听说您老兄这几年混得不错，路道粗，财气足。我是昨晚在茶室帮忙时，听您的老同学板西先生说起您的，所以就冒昧……"

主人为客人剥了一颗韩国水果糖："吃，别客气哟。老邻居、老朋友了，转眼都过了 40 岁喽，今后常走动走动呵。"

客人嘴含糖果连连点头："是的，是要多走动走动，反正现在我也闲了。"

似乎没有别的什么话了。两人默然。客人等待主人询问他登门有何事，而主人则在等待客人道明夜访的目的。

各自点燃一支烟，烟雾缭绕。淡仓君终于坐不稳了，从衣兜里拿出一叠印刷精美的卡片，展现在茶几上，脸微红："是这样的，敝人呢，别无所长，下岗后生财无路，最近被'富门卡拉 OK 舞厅'聘为舞票推销员……如买得多的话，可享受八折优惠。知道老兄路道粗，想请您帮助代销一点。您的家庭成员、朋友、同事中间，总不乏喜欢跳舞的人。当然，每售出一份舞厅月票，我可得票价百分之二十的佣金——我自然会分一半给您的。我一向守信用，像我这类仅拿菲薄的下岗生活费的人，能有这个创收的机会，实属难得。至于跳舞的种种妙不可言的好处嘛，想必您老兄一定非常明了……"

淡仓君一口气地说着。他已经看出关达宏脸上那种鼓励他尽情发挥口才的神色。说来还真有点不好意思，淡仓君担任这个差使已逾半月，仅推销出 3 份月票。一份是卖给自己的夫人的，钱当然由他本人支付；一份被原单位的舞迷老抠买了去——条件是要他无偿为老抠家运送煤气罐 3 次；另一份销给了他内弟单位里的一位大龄单身汉，只是尚未收到现钱——购者要欠到下月发工资那日才可付款。所以他一打听到已变成阔佬的老邻居的家址，就赶紧找上门。这次他估计请关达宏帮助代销 10 份、20 份舞厅月票，不会有什么大问题。

关达宏非常耐心、饶有兴趣地听完淡仓君的话，笑眯眯地说："你的工作精神值得表扬，一位在国企当过副科长的人，能放下架子、摒弃偏见投身市场，确实不容易。你可能不知道，我新近的工作有所变动。我就是'豪门卡拉 OK 舞厅'、'豪客全天候舞厅'、'蓝宫青春再现舞厅'的主管单位——'不夜天娱乐总公司'的总经理。当然喽，鉴于本人的这种身份，恐怕很难帮得上你的忙。抱歉，非常抱歉！"

淡仓君深深地叹了一口气。

谁知，翌日晚上，关达宏亲临淡仓君家。寒暄几句后，关达宏从拎包里拿出一份"不夜天娱乐总公司人力资源部顾问"的聘书，恭恭敬敬地递到淡仓君的手里。

名人的待遇

艾达君在单位里，是个小人物，具体工作是仓库管理员，可谓人微言轻。虽然他业余埋头笔耕，写一些诸如杂文、小散文、小品文之类的文章，投出去欲换一点烟酒钱，但经济效益并不显著。这种努力往往“十网九空”。

一日，当收发文书进入艾达君所在的仓库后，艾达君的办公桌上便摆满了信件，十来封吧，收信人的姓名是艾达君。这种“信函丰收”之盛况，对他来讲，是极少有的，在整个单位也是罕见的。

于是他就美滋滋地开始拆阅信件。

首先映入他眼帘的是一封“你的名字将被编录进《当代青年名人大观》，须在30天内汇寄300元编审费，另寄100字的简历，逾期不留名额”之类的铅印信笺。

第二封信寄自西北某医药器械公司，信里的文字充满激情——“拥有丰满的胸部，是女性的骄傲。你想拥有丰满的胸部吗？请购买本公司出品的优质丰乳仪……”

读了这些内容，艾达君的脸唰地涨得绯红。

接下来一封信是某林场信息部的来函：“若要富，种果树；若要发财，请买木材……”

第四封信系某工艺美术品经营部的广告语集束：1. 维纳斯，美的化身，石膏、石雕、玉琢，按质论价，欲购从速，本部办理邮寄业务。2. 优质麻将，一套365元，一次两套，优惠30%。3. 花瓶，种类齐全，百摔不破，低价处理，情系上帝。4. 塑料笔筒，造型别致，经久耐用……

下一封是某乡办梨膏厂致气管炎患者的慰问信，并附优惠券两张。

再下一封是喜报——艾达同志：您光荣地被选定为文学新秀作品加工会

的代表，希望寄880元活动费，并填写所附的资格表格，年终前10天将安排您来风景胜地参加由著名作家、编辑家任辅导员的文学新秀系列活动……

第七封的通栏标题是——男子不育症，患者的福音，为您兑现做爸爸的美梦。

艾达君苦笑，因为他的女儿已经7岁，天真活泼、伶俐可爱，他根本就不存在“不育”问题。

接下去这封信，是某科技服务社的免费赠送致富信息、医疗小诀窍的函。条件简单，只要随信附寄120分邮票4枚即回寄电脑照排资料一份。内容包括：快速养鸡法、无诱饵捕甲鱼、脸部雀斑安全去除法、狐臭5分钟即除法等38项。

这封信的内容使艾达君有点动心，花费不多，回报丰厚，只是这些致富方式和美容方法对他的家庭用处不大。他的家址在闹市区，养鸡无场地；附近也无繁衍甲鱼的湖河或池塘，怎么去“诱”捕？夫人的脸庞白白净净，一身清爽，无须除“斑”去“狐”，罢、罢、罢！

最后一封信是武功培训高级班招生通知。这封信与他的关系也似乎不大。虽然艾达君常抱怨自己文弱无力，也有学点武功以护身的念想，无奈这个“高级班”的受训场地远在千里之外，他去“应招”显然是不切实际的。

读完这一大摞信函，艾达君又气闷又好笑。想想自己只是个无名之辈，走到街上溜达半天，能认识他的人也不会超过“一打”，那些发信的部门和机构从何知道他的通信地址的呢？他委实有点想不通。

一个星期后，他收到边远地区某生活杂志社寄来的两册过期杂志。他的一篇小散文在该刊发表了，文尾还注明他的身份和单位的具体地址。这本刊有他作品的生活杂志早在各地发行，不知何故到他手里时已离出刊日期达三个月之久。

艾达君捧读这份杂志，不由得哈哈大笑。他是因为这篇小散文而成了“名人”的。他终于享受了一次名人的待遇。说实话，做个名人实在不容易。

以后的日子里，艾达君又陆续收到一些类似的信函，包括一些征婚启事和求爱信。直到半年后，那些五花八门的信函才日趋稀少。

黄金屋

此事要追溯到10年前。那年的秋季，枫叶正红。而艾慰君却是愁绪满怀。单位在坐落于教堂街小弯口的住宅村，购置了临街底楼至6楼的各为38平方米的6个套间。蜷缩在10多个平方米老屋的白面书生艾慰君，也有幸成为这6套新房的户主之一。如果用工龄、业绩、职位以及在领导圈内的影响力等因素来考量，他只能分在最后的档次——底楼。虽然后来单位的开明头儿临时采用抓阄的方法，艾慰君因到图书馆查阅什么资料，迟到了，轮到最后一个抓阄，也只抓到了“底楼”。“底楼、底楼，反正咱在单位里的身份也是最底层的，没什么好抱怨的。”他就用这种论调和妻子一起排遣心中如同秋雨般的忧闷。

好在艾慰君的夫人是位极贤惠内秀的女子，她不仅每天把30多平方米的新居室伺弄得干干净净，而且还在临街的小院子里种了十几盆花卉。于是艾慰君一有空闲便伏在临窗的写字桌上，呼吸着小院里的花卉吐放出来的芬芳，制作出一篇又一篇的豆腐干文章。

书中自有颜如玉，书中自有黄金屋。老话也。不过，喜欢读书又喜欢业余写作的艾慰君虽然没有在书堆里找到黄金屋，但说他已得到“颜如玉”却不假。他的夫人之品貌，在他单位乃至这条古老而狭窄的教堂街上，实属上乘，她算得上是个美人儿了。这恐怕是得益于这对有情人的缘分。

往下的日子，当地大部分单位进行了“房改”。艾慰君自掏8850元，取得了坐落在教堂街区域的这套38平方米自住房的全部产权。在拥有产权的寓所里生活，虽难免会冒出“经济拮据”之叹息，更多的是“升级”为业主后精神上平添的舒坦和踏实。

不知从什么时候开始，教堂街的行人多了起来。自行车的车铃声、摩托车的哒哒声、汽车的喇叭声所组成的交响乐，越来越雄壮。随之而带来的喧哗、噪音和飞扬的尘埃，也对艾慰君家的小院围墙以及他的业余笔耕以重大的冲击。

再往后的情节，由于过于枯燥，我们免叙了。

总之，到了现在，艾慰君的家庭发生了可喜又可惊的变化。光看看他们夫妻俩和上小学的女儿的衣着打扮，就不难判断出：这个小家庭的经济非常殷实。

狭窄而寥落的教堂街在数年里，变成了热闹、拥挤、繁华无比的商业城。从事服装业和饮食业的实业家们在这条街上大展身手，获得了巨大的利润。

艾慰君家后院里的花卉，早就没有了。一位经营服装的老手用 1 万元年租的价钱，包下了这个临街的小院子，“黄金屋服装城”6 个立体招牌字，竖在小院的原围墙上，格外醒目。虽然小院子“改造”成服装店后会影响艾慰君写字桌周边的光线，但一点不影响艾慰君伉俪脸上的甜笑。

现在了解到的行情是：那位发了财的服装店老板，用毗邻风景区的一套 80 平方米的二楼大套间，和艾慰君家的底楼对换居住权，老板再每月贴给原户主 1000 元的“离开教堂街头感情补偿费”，合同一签，有效期便是 10 年。此故事就在此打住，以后有新生的细节，再补充吧。

茶杯的幽默

荷县建材局局长刘振吾这下喜笑颜开了。他的朋友从景德镇给他捎来一套精细茶具。那茶杯一律嫩青底色，金镶边，共八只，外加一寿星茶壶。那只茶壶，他留在家里用，茶杯全带到局里来了。最近，局里新办公楼正式使用，他的办公室自然好得没话说。添之一套沙发和四只克罗米折椅，美丽大方，又不显得奢侈。墙角还摆了一盆茂盛的常青草。他把这样漂亮的茶具拿到办公室里用，意在锦上添花。再说，茶具是自己掏钱设置的，也能体现一种清廉之气。

当他把茶杯一只一只摆弄停当，蓦地发现门口站着一个人，那人的神情有点踌躇的样子。

刘局长眼睛一亮："嘿，这不是阿狗师傅吗？来、来，坐、坐。"他高声亮气地招呼来客。

阿狗师傅像是下了一个决心似的，走上前去："刘，刘局长，您好！"他是建材局所辖的荷镇水泥厂的老看火工，从未到局上来过。他生性就怕打扰领导。厂里最近又有几幢住宅楼竣工了，分房方案也已下达。他家没有份，他有点想不通。照他的脾气，他是不愿上主管局来唠叨的。只是他的老伴厉害得很，说他不去找刘局长要房子，她要和他闹离婚。他是个要面子的人，于是就硬着头皮来了。

刘局长把他请到沙发上坐，为他沏茶。茶叶在水里涨胖，舒展叶子，少顷，肉白色的细瓷茶杯里耀出一种青光。

刘振吾亲切地问："阿狗师傅，有什么事吧？"

"是的，我……"阿狗师傅刚要启口，又顿住了。

他的目光被镶金边的茶杯镇住了，以致连说话的声音也轻得只能自个儿听清楚。

电话铃响了。刘局长提起话筒："喂，哪位……"

阿狗师生捧着茶杯，转着转着，心里想开了。

刘振吾原先是荷镇水泥厂的助工，那阵子下放劳动，就编在阿狗师傅的班组里。两人极谈得拢。上班挥汗如雨，用同一只蓝边海碗喝茶——那是一种豪饮，脖子一仰，咕咕几口海碗就空了；下班后，你来我家吃顿便饭，我去你家喝杯清茶，那是常有的事。后来，刘振吾调往局里工作，邀他吃顿饭、喝杯茶，可不是件容易事。再后就不大有机会见面了。

刘振吾刚通完电话，另一个办公室有人喊："刘局长，电话!"

刘局长朝阿狗师傅点点头："稍等。"接着，他那很有气魄的嗓音从隔壁传来。

阿狗坐在沙发上，眼睛瞪着茶杯发愣。

终于，刘振吾回来了："真够呛……这下好了，咱俩好好谈一谈。说吧，有啥事?"

阿狗师傅站起身，嗫嚅："刘、刘局长，这、这茶杯……我、我洗过了。"刚才，刘振吾在接电话的时候，阿狗师傅去水池那边倒了茶脚，洗了茶杯。

刘振吾欲重新沏茶。

阿狗师傅连忙摆摆手："不必了，不必了。"他没有再说什么，便匆匆告辞了。

"这是怎么回事?"刘振吾坐在沙发上，点燃一支烟。他的目光落在那只被阿狗师傅洗过的茶杯上。茶杯外壁绘有一条金龙，栩栩如生。

他陷入沉思……

创作谈：关于一扇门的写作记略（代后记）

◎邵宝健

翻阅旧时的素材本，有一段关于“门”的文字：

一天，那位郁郁寡欢的老单身汉去世后，人们整理他的遗物，移动一只小衣橱时，发现墙上有个矮门。于是传说就不胫而走。后来在隔壁老姑娘的墙上相对位置上没有发现“门”，于是以为有诈。结果用泥刀削去墙皮，露出的只是砖，没有门。重新回到单身汉的房间，仔细一观察，原来那扇“门”是画出来的（油画）。后来人们才回忆起来：这房子在单身汉之前，曾有一位爱好画画的穷苦青年住过。隔壁是一个水果（苹果）仓库。他特别爱吃苹果。不过，据说当时看管仓库的是一位美貌姑娘。再往后回忆，就什么都没有了。

这段文字的标题为《门的传奇》（关于一个老姑娘和一个单身汉的故事）。题记时间：1986 年 3 月 14 日。

上述素材采集是据于如是触动：一是，那一年，我第二次搬家。新居是别人多占而又退出的，共有 5 扇门和 5 个大壁橱的旧宅。卧室里那两个与邻居相连的似乎可以用拳头击破的壁橱，成了书架。二是，临近春节的一天，我在岳母家逗留，有机会看到街坊上称之阿婉娘娘的大妈在家门口磨米粉，旁有一位老男人在小石磨旁添米。他俩动作协调，态度亲和，但并非夫妻。阿婉娘娘长相清癯，据说过去是个好人家，一直没嫁人；而那位帮磨的老男人是挑水夫，单身。这对男女的独身和卧室壁橱之印象撞击，给了我灵感。我在着手构思乃至动笔时，脑子里曾几次盘桓以前听到的一则传闻：某电影院一位怀才不遇又不善沟通的美工，没有婚史，好酒，一天，这位孤独的画师裹着幕布猝死在舞台上。这个传闻我并没有记入素材，但潜意识里已把他当成男主人公原型了。所以“郑若奎”是位电影院的美工，也就很自然了。

有了这些写作准备，就伺机进入创作状态。

1986 年 3 月至 6 月，我这个非党员被单位派到市委党校参加马克思主义理论进修班。党校地处市中心十二三公里的郊区，所以“进修”得在校住宿，双休日可回城。和我下榻一室的，一位是市供销社党委书记，一位是市统计局科长，一位是市汽车运输公司老总，还有一位是钢铁厂的车间主任。他们都比我年轻得多。晚上临睡前，由聊天开始，后由我讲故事。室友们是躺在被子里当听众的。我讲的就是这个关于“门”的故事。故事框架和后来成型的小说大体相近。这几位室友平时并不亲近文学，但听到这个故事，他们都兴奋得披衣而坐，七嘴八舌地议论开了。有人说，墙上的“矮门”不妥，应该是扇大一点的门，这样主人公才可避“猥琐”之嫌。好，这个点子好！我激动地回应。若要把墙上的“门”弄大，遮盖物也得大，“小衣橱”改为“一人高的花竹书架”。有人提出，书架上可以置些杂物，不显单调。好！上面摆一只高脚花瓶。这样，女主人公在鲜花店工作也有了延伸的情理。一些重要的道具经过众人推敲和捏揉，趋于合理。故事脉络经过讲述，也更显神通气爽。腹稿大致可以了，接下来的事是让口头文学化为书面文字。

党校下午是自学。不少学员进图书馆，或在宿舍里看书。我坐在党校心形池塘的露天长椅上，拿着讲义夹，开始起草那扇门的故事。风景宜人，周边没什么干扰。风和日丽，心情舒适。白纸上的文字越来越多。周末回家，把稿子誊写一遍，誊写中，不时有即兴改动。成了，题为《永远的门》的小小说。翌日去邮局寄出稿子。

大约是4月中旬，我收到浙江金华市《三月》杂志社的采用函。在上课时，我还忍不住拿出这份采用函，向同桌的“室友”显摆一下。

当年7月，《永远的门》被《三月》（双月刊）第4期刊发出来，对照原稿，没任何改动。这是我在这个杂志上发表的第二篇小小说。

同年11月，该作有幸被《小小说选刊》第11期转载。这是我第一次上“小选”。

1987年4月11日，我收到一封来自河南郑州的电报，得知《永远的门》获《小小说选刊》1985～1986年全国优秀小小说奖。

这一年我已40岁了。

之后，《读者》、《青年文摘》等百余家报刊先后转载了这个作品。著名老作家许行先生，很早就在长春的《精短小说报》上撰文推介这篇“门”。这篇作品先后入选日本的大学汉语教材、香港的新高中中国语文教科书和国内最新高校教材《比较大学语文》。

我想，精品和经典，除了作品本身具有思想性、多义性和被评论性，还需要时间的磨砺，离不开读者的青睐和业内专家的慧眼识珠，离不开报刊转载的热情，其中媒体的推介尤为珍贵。有一比方，有了这诸多利好，就像从深山老寨出来的“村姑”，她的天生丽质，受到大都市的霓虹灯的照耀，能不大放其彩吗？